인터넷 글쓰기

웹진 / 이메일 / 게시판 / 홈페이지 / 온라인 신문

김성묘 지음

서울출판미디어

국립중앙도서관 출판시도서목록(CIP)

인터넷 글쓰기 = Writing for the Internet / 김성묘 지음.
-- 서울 : 서울출판미디어, 2003
      p. ;   cm.

ISBN 89-7308-124-1 93800

802-KDC4
808-DDC21   CIP2003000392

몇 가지 규칙만 익혀도 인터넷 글쓰기가
일취월장하는 비법 !

퇴근길에 A라는 잡지를 샀다. 나는 그 잡지를 꾸준히 읽어오고 있다. 이 잡지의 매력은 B라는 필자의 글에 있다. 그의 글은 호소력이 있고 편안하다. 몇 달 전 그의 글을 읽어본 이후로 나는 그의 팬이 되었고, 매달 그 잡지를 즐겨 보고 있다. 적어도 A라는 잡지는 B라는 필자 덕에 한 명의 독자를 확보한 셈이다.

글의 중요성은 온라인에서도 마찬가지다. 우리는 인터넷을 통해 다양한 글들을 접한다. 그중 대부분은 한두 줄 읽다 말곤 하는 글이다. 인터넷이라는 특성도 있지만 편집이 엉망이거나 내용이 없거나 문장력이 떨어져서 그렇다. 인터넷상에서의 글쓰기란 사이트의 이미지와 직결된다.

현재 여러 기업들이 콘텐츠 관리를 위하여 CMS(콘텐츠 관리 시스템)솔루션을 사용하고 있다. 또한 앞으로도 더 많은 기업들이 이러한 솔루션을 도입할 예정이며, 서비스하는 정보 또한 유료화 정책으로 더 많이 바뀌게 된다고 한다. 이렇게 될 경우 콘텐츠 관리는 솔루션이 한다지만, 그 글에 대한 내용은 누가 관리를 할 것인가?

두 달 전에 저자인 김성묘 씨의 '인터넷 글쓰기'라는 강의를 들어본 적이 있다. 사실 두 시간 동안의 강의가 얼마나 도움이 될까 하는 의문을 가졌다. 그러나 강의 주제가 '관심을 유도하는 글쓰기 방법과 다양한 글쓰기의 요령'이라는 말을 듣고 관심을 가지게 되었다. 물론 강의는 기대 이상이었다.

사실 작가도 아니면서 글을 잘 쓴다는 것은 그리 쉬운 일이 아니다. 솔직히 가끔은 문법상 이 글이 맞는가 하는 의문이 들기도 한다. 단 두 시간 동안 몇 장의 인쇄물을 가지고 강의를 들은 것이 전부였지만, 지금도 회사 홈페이지에 간단한 글을 올릴 때에도 그 인쇄물을 참조하게 된다. 몇 가지의 규칙만 알고 있었는데도 내가 쓴 글은 이전과 다른 반응을 보였다. 또한 관련 클라이언트나 웹 마스터들에게도 프로젝트 개발이 종료되면 그 인쇄물을 선물로 주곤 한다. 모두들 한결같이 글 쓰는 부담을 조금은 덜어주는 것 같다고 고마워한다.

앞으로 인터넷 관련 분야에 있거나 인터넷 글쓰기에 관심이 많

은 사람들이 이 책을 옆에 두고 글을 쓰게 되지 않을까 하는 생각
이 든다.

김인혜

㈜이프롬 대표

※ 이프롬은 웹 에이전시 운영 및 CRM/지문 인식 솔루션을 개발하는 회사이다.

경쟁력 있는 글쓰기 요체를 끄집어낸 책

인터넷 글쓰기라는 주제가 갈수록 중요해지고 있다. 새로운 매체인 인터넷에 글을 '올린다'는 행위는 본인이 원하든 원치 않든 사회 참여를 의미한다. 여러 사람과의 관계에 있어 무엇보다 주목받을 수 있는 형태의 글쓰기는 '꼴리는 대로' 쓰는 이른바 주관적 글쓰기이다. 자신의 느낌과 생각을 담은 자신만의 스타일로 쓴 글은 많은 사람들이 읽을 가능성이 있는 경쟁력 있는 글이다.

글쓰기의 경쟁에서 남들과 비슷한, 어디서 많이 본 듯한 글은 통하지 않는다. 색깔 있는 글, 다시 말해 자신의 마음을 속 시원히 완전히 드러내는 글이 '잘 팔린다'고 할 수 있다. 인터넷에 글을 올리려면 많은 사람이 조회할 수 있는 글을 써야 하지 않을까? 눈에 띄는 제목에다 말하고자 하는 바를 제대로 끄집어낸 글은 분명 경쟁력에서 앞선다.

인터넷의 세상에서 경쟁력 있는 글쓰기의 요체를 끄집어냈다는 점에서 이 책은 값진 저작임이 틀림없다. 글쓰기에 주저하시는 네티즌 특히 인터넷 게시판에 글을 쓰려다 수정과 삭제를 반복하신 네티즌에게는 이 책이 많은 참조가 되리라 생각한다.

조대기
한국인터넷기자협회장 · ≪시민의 신문≫ 편집국장

웹진 기자들, 너네는 이제 땡 잡은 거야 !

나는 기실 아무것도 모르고 웹진 기자가 됐다. 원래는 사진기자로 웹진에 들어갔다. 어쩌다 보니 취재기자를 맡게 됐고, 얼떨떨해하면서 현장에 투입됐다. 내가 다녔던 웹진은 연예인 관련 웹진이어서 팬클럽 창단식이나 생일 파티 등 행사 취재가 많았다. 나는 일반 신문기사의 흉내를 내면서 고군분투했지만 항상 "이건 아닌데……"를 되뇌이며 불안해했다.

그러다 공부를 해보려고 한국언론재단이 주관하는 '잡지 제작 과정'에 등록했고, 그곳에서 저자인 선생님을 만났다. 선생님은 잡지 글과 인터넷 글의 차이점과 인터넷 글의 특수성을 강조하셨다.

선생님이 인터넷 글쓰기와 관련된 책을 집필하고 있다는 말에
귀가 번쩍 뜨였다. 나는 내 사정을 이야기하고 나 같은 사람들에게
도움이 되는 책을 만들어달라고 부탁했다. 웹진 기자들 중에는 나
같은 사람이 많다. 아무 검증 없이, 아무런 준비 없이 입사했고, 또
누구에게 배우지도 못한 채 글을 쓰는 사람들 말이다.

아마 책이 나올 때 나는 미국 유학중일 것이다. 아무튼 잘됐다.
정말 웹진 기자 너네들, 땡 잡은 거야!

위은하

전 웹진 기자, 유학중

올바른 인터넷 글쓰기로 진정한 IT 강국이 되자!

2001년 6월, 학원 '평화아카데미'로부터 '인터넷 글쓰기' 강의를 의뢰받았다. '인터넷 글쓰기'는 10개월간 계속된 웹 레이아웃매니저 양성과정의 한 과목으로 말 그대로 '인터넷에서 어떻게 글을 써야 하는가'를 가르치는 강의였다.

강의 의뢰를 받은 날부터 강의를 시작하기까지 한 달 가량 관련 문헌을 뒤지고, 미국을 비롯한 선진 웹 저널리스트들의 홈페이지를 방문하면서 강의안을 준비했다. 또 미국에서 컴퓨터 커뮤니케이션을 전공했다는 대학 교수도 만났다.

그렇지만 만족할 만한 자료는 얻을 수 없었다. 우리나라는 물론 선진 지역인 미국에서도 적당한 자료가 없었다. 조금씩 관련 내용을 담고 있지만 강의에 그대로 적용하기엔 부족했다. 실례도 적었고, 연구 결과도 미비했다. 인터넷 역사가 짧아서 그렇다.

정작 스승은 수강생이었다. 그들과 함께 가르치고 배우고 공부하면서 미심쩍었던 부분들을 풀고 그것들을 내 머릿속에서 완성해갔다. 그런 과정을 세 번씩이나 되풀이했다. 처음 1기생들과의 수업은 엎치락뒤치락의 연속이었다는 게 솔직한 고백이다. 2기생들과 호흡하면서 미심쩍었던 부분들의 윤곽이 분명해져갔다. 자신감이 붙었다. 고백하자면 이때부터 책을 써야겠다는 욕심이 들었다. 집필욕을 다지면서 수강생들이 수업 시간에 쓴 원고를 거뒀고, 그들에게 "집필시 인용하겠다"는 뜻도 밝혔다.

필자는 홈페이지 운영자, 웹진 기자, 온라인 신문 종사자들도 만났다. 많은 사람들을 만나 이야기하고, 인터넷 사이트를 서핑하면서 인터넷 글쓰기에 대한 책의 출간이 시급하다는 사실을 깨닫게 됐다. 인터넷 사이트 여기저기서 국어 파괴 현장을 목격할 수 있었기 때문이다.

책의 내용은 제목 그대로 글쓰기에 맞췄다. 아이템 찾기나 기획 부분도 경영이나 디자인보다 글쓰기의 측면에서 다루었다. 수준은 초보자 중심이다. 누구든지 이 책을 읽으면 인터넷 글쓰기에 자신감을 갖도록 기초부터 차근차근 설명했다. "웹진 기자이지만 교육을 받지 않아 어떻게 해야 할지 모르겠다"던 어느 웹진 기자의 읍소(泣訴)를 감안해 이메일·게시판 등 기초적인 글쓰기부터 홈페이지 글쓰기, 나아가서는 웹진·온라인 신문기사 작성에도 도움이 되도록 구성하였다.

기초가 단단해야 완성품이 탐스럽다. IT강국에 어울리게 인터넷 글쓰기가 꽃을 피우기를 기대한다. 독자들이 인터넷에 올린 모든 글들이 네티즌으로부터 사랑받기를 바란다.

인터넷 글쓰기와 인연을 맺게 해준 '평화아카데미' 김준탁 원장과 웹 레이아웃매니저 양성과정 1~3기 학생들, 집필을 지원해준 한국언론재단, 또 이창민·위은하 등 제자들, 김인혜 대표, 조대기 국장, 호서대 안종배 교수, 도서출판 한울, 그밖에 물심양면으로 도와준 많은 사람들에게 고마움을 전하고자 한다.

2003년 3월
한국언론재단 언론인 연구 집필실에서
김성묘

차례

1부 일반 글쓰기와 인터넷 글쓰기

오늘날 인터넷이 보급되면서
많은 사람들이 너도나도 '인터넷 글마당'에 뛰어들고 있다.
그러나 현재 이루어지는 대부분의 인터넷 글쓰기는
일반적인 글쓰기를 인터넷 위로 옮겨놓은 것에 불과하다.
과연 인터넷에서 종이 매체와 같은 형태의 글을 써
똑같은 효과를 얻을 수 있을까? 대답은 "그렇지 않다"이다.
일반적인 글쓰기와 '다른' 인터넷 특유의 글쓰기를 해야
기대한 효과를 얻을 수 있다.

*1*강 온라인과 오프라인,
그 차이를 알면 글쓰기가 보인다

인터넷 글쓰기를 알아보기 전에 먼저 글을 담는 종이 매체(오프라인)와 인터넷(온라인)의 차이부터 알아보기로 하자. 이미 익숙해져 있는 종이 매체와 비교·분석하여 차이점을 알면 인터넷 글쓰기가 좀더 쉬워질 것이다.

1. 온라인·오프라인의 차이점

1) 모니터 크기

종이 매체의 지면과 인터넷 모니터의 사이즈를 비교하면 종이가 인터넷에 비해 우위를 차지한다. 종이 한 면은 컴퓨터 모니터에 비해 담는 양이 크고 넓다. 한번에 볼 수 있는 양이 많다는 뜻이다. 신문을 예로 들어보자. 신문은 한 면이 한눈에 들어온다. 그래서 단번에 볼 만한 기사와 그렇지 않은 기사를 가려낼 수 있다. 그러나 인터넷 신문의 경우, 바(bar)를 위아래로 움직이고 마우스를 이리저리 움직여야 신문의 한 면에 해당하는 부분을 볼 수 있다.

신문보다 크기가 작은 잡지를 웹진과 비교해 봐도 마찬가지다. 잡지는 펼치면 2페이지 지면이 한눈에 들어온다. 레이아웃과 이미지는 물론 글의 제목, 중간 제목 등도 일목요연하게 눈에 들어와 어떤 내용인가를 단번에 알 수 있다. 그러나 웹진은 인터넷 신문과 마찬가지로 바를 이리저리 움직이고 어떤 경우에는 링크된 부분까지 더블 클릭해 열어 봐야 비로소 그 내용을 제대로 볼 수 있다.

A4 용지의 경우도 마찬가지다. A4 용지에 담긴 글은 한번에 눈에 들어오지만 그것을 컴퓨터 모니터를 통해 보려면 마우스를 이용, 커서를 아래로 내려야 모두 읽을 수 있다. 이렇게 볼 때, 인터넷은 종이 매체에 비해 한번에 많은 부분을 볼 수 없고, 일목요연하지 않아 파악하기 어렵다는 특징을 지니고 있다.

2) 선명도

선명도의 경우 종이 매체가 인터넷보다 뛰어나다. 종이 매체에서는 글이나 사진이 일목요연하게 눈에 들어온다. 계속 보아도 피로감이 적어 집중도·정확도가 높다. 그러나 인터넷에서는 빛의 반

인터페이스

인터페이스

글쓰기와는 관계없지만 종이 매체와 인터넷의 차이점을 논할 때는 모니터 사이즈나 선명도 외에 인터페이스(interface)도 거론된다. 인터페이스는 보여지는 면을 말한다. 종이 매체는 2차원적이다. 드러나 있는 것만 모두 훑으면 완벽하다. 따로 숨겨져 있는 부분이 없다. 일목요연하다고 말할 수 있다.

이에 비해 인터넷은 n차원적이다. 화면에 드러나 있는 것만이 전부가 아니라 안에 감추어진 면이 많다. 감추어진 면이 있는지 어떤지는 클릭해 들어가 보아야 알 수 있다. 일일이 커서를 갖다 대어보지 않으면 내용을 놓치기 쉽다.

인터페이스가 n차원적이라는 것은 일목요연하지 않다는 단점으로 지적되지만 장점으로도 인정받는다. 종이 매체들은 지면의 한계로 만족할 만큼 보도할 수 없지만(신문이나 잡지의 경우 지면이 정해져 있으므로 심층 보도가 어렵다. 또 보도하지 않는 기사도 많다) 인터넷에서는 보도의 한계가 정해져 있지 않다. 무궁무진하다고 할 수 있다. 다른 사이트와 링크가 가능하다는 점도 n차원이므로 가능한 장점이다.

사, 색채 민감도, 시각적인 날카로움 등으로 선명도가 떨어지고, 아울러 정확도와 집중도도 낮아진다. 그러다 보니 종이 매체에 비해 읽는 속도가 늦고, 읽은 후에도 제대로 머릿속에 들어오지 않는다(즉, 이해도가 낮다). 집중하여 제대로 읽으려면 빨리 피로해지며, 제대로 보았다 해도 자기도 모르게 놓치는 부분이 많은 것이다.

그러므로 인터넷에서 글을 쓰게 되면 오자·탈자가 많아지며, 교정을 보기도 어렵다. '교정 천재'라 해도 컴퓨터에서는 교정해야

1강 온라인과 오프라인, 그 차이를 알면 글쓰기가 보인다

할 부분을 종종 놓치고 만다.

인터넷 관계자들은 눈부심이 적은 액정 모니터가 현재보다 더 개발되고 보급이 용이해진다면 선명도가 개선되어 집중도와 정확도면에서 인터넷이 종이 매체에 근접할 것으로 기대하고 있다. 그렇지만 그 같은 전망이 쉽게 이뤄지지는 않을 것 같다. 필자의 경우도 항상 액정 화면이 부착된 노트북에서 작업을 하고 있지만 오자·탈자를 골라내기란 여간 어려운 게 아니다. 중요한 글은 꼭 종이로 출력한 다음 틀린 부분이 없는지 확인한 후 작업을 마친다.

2. 온라인, 가독성 높은 글 필요

차이점을 종합해볼 때 현재 인터넷과 PC 통신 등 컴퓨터 모니터에서의 글들은 종이 매체에 비해 한번에 볼 수 있는 양이 적고, 집중도와 정확도가 떨어진다고 할 수 있다. 그런 이유들로 글을 읽는다 해도 머릿속에 빨리 인식되지 않으며 이해도가 떨어질 수밖에 없다. 또 쉬 피로해지며, 틀린 글자나 잘못 쓴 문장을 가려내기도 어렵다.

이제 인터넷이나 PC 통신에서는 어떻게 글을 써야 하는가가 분명해진다. 인터넷이어서 부족한 부분을 채우면 된다. 즉 집중도, 정확도, 이해도를 높이는 글을 쓰면 된다는 결론에 이른다. 이것이 바로 가독성이 높은 글이다. 즉 인터넷이나 PC 통신에서의 글쓰기를 배운다는 것은 가독성 높은 글쓰기를 배우는 것이다.

얼마나 글을 잘(정확하고 빨리) 읽고 이해하는가는 다음 세 가지 요소에 좌우된다.

가독성

글이 말하는 내용을 얼마나 빨리 인식하고 잘 이해하는가를 따지는 개념. 즉 가독성 높은 글은 네티즌들이 더 빨리, 더 잘 이해하는 글을 말한다. 이 책을 쓴 이유도 바로 가독성이 높은 글을 쓰도록 하기 위해서이다.

식별성

글자가 얼마나 읽기 쉽고 명료한가를 따지는 개념. 가독성은 내용적인 측면을 따지는데 비해 식별성은 글자 하나하나의 판독여부를 따진다. 대개 글자체나 글자 크기, 굵기, 조도(照度), 대비 등에 따라 달라진다고 할 수 있다.

가시성

글을 배경과 분리해서 얼마나 잘 볼 수 있는가를 따지는 개념. 바탕에서 글자가 얼마나 잘 드러나느냐를 말한다. 식별성과 마찬가지로 글쓰기 문제가 아니라 디자인 부분에서 해야 할 일이다.

바탕에서 글자가 잘 드러나되 눈의 피로를 최소화하는 색을 택하라면 바탕의 경우 단순하고 옅은 단색이 좋고, 글자의 경우 검은색 계통이 적합할 것이다. 그런데 디자인을 화려하게 한다고 야광색을 바탕이나 글자색으로 쓰거나, 사진을 바탕으로 하고 글자를 그 위에 올린 경우를 종종 볼

1강 온라인과 오프라인, 그 차이를 알면 글쓰기가 보인다

수 있다. 이런 경우는 열이면 여덟 아홉, 가시성에서 실패했다고 생각하면
된다.

　종이 매체의 바탕은 보통 흰색류를 선호한다. 그것은 흰색류가 가시성
이 뛰어나기 때문이다. 가시성 측면에서 보면 미색이 흰색보다 뛰어나다.
비싸지만 백색 모조지보다 미색 모조지를 선호하거나 몇 년 전 문화일보
가 봉숭아빛 종이를 선보여 현재까지 계속 발간하는 것은 바로 이 때문이
다.

*2*강 인터넷 글쓰기 요모조모

    인터넷 글쓰기가 보편화되었다. 인터넷 글쓰기를 보편화시킨 것은 이메일이다. 이메일은 글 쓰는 일에서 멀어진 사람들로 하여금 글을 쓰게 만든 일등 공신이라고 할 수 있다. 컴퓨터를 켤 줄 아는 사람이라면 누구나 이메일을 주고받아봤을 것이고, 나아가서는 한두 개 이상의 이메일 주소를 갖고 있을 것이다.

    게시판도 글을 쓰게 만든 공신이다. 오늘날 개인이 만든 홈페이지뿐 아니라 방송국, 신문사 등 쌍방향 교감을 위해서 만든 게시판에는 글이 넘쳐난다. 소설·수필 사이트에도 글 쓰는 이들이 모여든다. 아마추어들의 소설란은 무궁무진한 내용으로 가득 차 있다. PC 통신 소설 사이트에서 시작한 것이 이젠 인터넷에서도 성황이다. 인기 연예인이나 인기 만화의 팬픽 사이트나 게시판에도 많은 글이 올라와 있다. 정말 인터넷을 열면 글 쓰는 공간은 너무 많고, 이러한 공간은 사용자로 하여금 글 쓰지 않고는 못 배기게 만든다.

1. 이메일

　이메일은 인터넷을 통해 주고받는 편지글이다. 짧은 글의 경우는 본문을 넣는 공간에 바로 넣는 것이 편하나 글이 길거나 글의 내용을 일목요연하게 볼 수 있게끔 하려면 문서로 따로 만들어 첨부하는 것이 좋다.

　이메일은 글쓰기를 잊고 살았던 사람들로 하여금 일단 글을 쓰게 했다는 점에서 좋은 장치로 받아들여진다. 또 서류나 원고 등을 빠른 시간내에 보낼 수 있다는 것도 장점으로 꼽힌다. 필자의 경우만 해도 원고와 사진을 수시로 전달해야 하는데 이메일을 통해 시간과 경비를 들이지 않고 금세 보낼 수 있어 이만저만 편리한 게 아니다.

이메일을 이용한 사업도 번창하고 있다. 이메일을 통해 각종 과외를 하거나, 맞춤 정보만 추려 이메일로 보내는 사업이 그것이다. 이메일을 이용해 상품을 홍보하는 이메일 마케팅도 점점 많아지고 발전하는 추세이다.

그러나 장점이 있으면 단점도 있게 마련이다. 필요한 정보보다 쓰레기 정보가 더 많은 스팸 메일(spam mail: 일방적·대량적인 이메일)의 경우가 그렇고, 또 일부이겠지만 메일 중독증에 걸려 고생하는 예가 그렇다.

2. 게시판

2002년 초 정부가 미국 시민권을 취득한 유승준의 입국을 막자 출입국 관리국을 비롯한 관련 홈페이지 게시판에는 유승준 시민권 취득에 관련된 각종 글들이 올라왔다. 비단 이때뿐 아니다. 사회적 이슈가 되는 일이 있을 때마다 관련 홈페이지 게시판에는 네티즌의 글들이 빼곡히 올라온다. 방송국의 인기 드라마 게시판에도 글이 폭주한다. 개인적인 시청평이나 작가, 연출가에 대한 이런저런 요구사항을 올리기도 하고 좋아하는 연기자에 대한 사담도 늘어놓는다.

게시판 글은 이메일 글과 형식은 비슷하나, 파급효과는 확연히 다르다. 이메일이 정해진 상대방에게만 글이 가는 데 비해, 게시판은 불특정 다수가 볼 수 있다는 점이 다르다. 그만큼 파급효과는 커진다.

최근에는 실명제로 게시판을 운영하는 홈페이지가 생겨나고 있다. 실명을 쓰지 않다 보니 책임감 없는 글이 양산되고, 결국은 언어 파행·인신 공격이 난무하자 실명제 실시와 같은 조치를 취하게 된 것이다.

3. 홈페이지

회사나 단체의 인터넷 사이트, 또 개인의 인터넷 사이트 자체를 홈페이지라 부르기도 하고, 홈페이지의 프론트 페이지(잡지로 치자면 표지에 해당함)를 홈페이지라고 부르기도 한다.

그러나 많은 사람들은 홈페이지의 '홈(home)'자 때문에 자기 집이나 가족, 나를 알리는 인터넷 사이트를 홈페이지로 잘못 알고 있다. 그런 이유로 홈페이지를 만들라고 하면, 자신의 신변잡기나 집안 소개를 늘어놓은 사이트를 만드는 경우가 많다. 현재 나와 있는 개인이 만든 홈페이지만 봐도 그런 종류의 홈페이지가 많은 수를 차지한다.

다시 말하자면 홈페이지란 개인 혹은 단체, 회사가 만든 인터넷 사이트를 모두 가리킨다. 홈페이지를 만들려면 많은 글이 필요하다. 글 외에도 이미지(동영상 포함)가 필요하고 때론 슬라이드 쇼, 비디오 슬라이드 쇼 등 새로운 양식의 스타일도 필요하게 된다.

이 중 가장 중요한 것은 글이다. 네티즌에게 필요한 정보 및 자료를 얼마나 이해하기 쉽게 잘 썼는가가 홈페이지의 성공 여부를 좌우한다고 할 수 있다.

4. 작가 사이트

아마추어 작가들이 글을 올리는 사이트는 비일비재하다. 주로 시·수필이나 콩트, 소설 등을 올린다. 소설란은 단편, 중편, 장편이 있고, 사이트에 따라서는 번역 소설란, 퍼옴 소설란이 추가되기도 한다. 인기 연예인들의 팬 페이지(팬이 만든 홈페이지)에도 작가란이 많다. 팬들이 인기 연예인들을 소재로 쓴 소설을 팬픽이라고 하는데, 작가에 따라서는 엄청난 조회수를 자랑한다.

인간만 진화하는 게 아니라 글도 진화한다. 처음에는 수준 이하의 글을 보여주지만 한 해 두 해를 거치면서 글솜씨도 일취월장하여 어느새 작가의 '반열'에 오르게 된다.

베스트셀러 『퇴마록』, 『왜란종결자』의 이우혁은 PC 통신작가로 시작했다가 엄청난 조회수에 힘입어 정식으로 데뷔하였다. 영화화되고 15만 부를 팔아 베스트셀러가 됐던 '엽기적인 그녀'(김호식 작), 2003년 첫 대박 영화인 '동갑내기 과외하기'(최수완 작), 김종학 프로덕션의 눈에 들어 영화·드라마가 동시에 제작되고 있는 '옥탑방 고양이'(김유리 작), 영화화할 예정인 '쉬즈마인'(권소연 작), 5권으로 출간된 '대동여지도'(정소성 작)도 모두 PC 통신과 인터넷에서 탄생한 작품들이다.

5. 온라인 저널

온라인 저널에는 온라인 신문, 웹진, 인터넷 방송 등이 있다. 온라인 신문은 인터넷 속의 신문을 가리키며, 웹진은 인터넷(웹) 속의 잡지를 말한다.

온라인 신문에는 디지털 조선일보(http://www.chosun.com)나 칸(http://www.khan.co.kr ≪경향신문≫의 온라인 신문)과 같이 오프라인 신문을 온라인으로 옮긴 것이 많다. 물론 오마이뉴스(http://www.ohmynews.com)나 대자보(http://www.jabo.co.kr), 딴지일보(http://www.ddanzi.com)처럼 순수 온라인 신문도 있다.

오마이뉴스는 시민들을 기자로 합류시켜 많은 반향을 일으켰다. 일반 언론들처럼 중앙통제식의 일방적인 기사 전달이 아닌 쌍방향 간의 기사 전달이 가능하므로 네티즌들이 원하는 기사를 접할 수 있는 것이다. 즉 네티즌이 취재자(시민기자)가 되므로 열독률·참여도가 높다.

웹진도 두 종류로 나눌 수 있다. 고카 뉴스(http://gocarnews.com 차 관련 웹진), 이즘(http://izm.co.kr 음악 관련 웹진), 아이스타(http://www.istar.co.kr 연예 웹진) 등과 같이 순수 웹진이 있는가 하면 필름2.0(http://www.film2.co.kr 영화 웹진) 등 오프라인을 온라인화한 웹진도 있다.

인터넷의 속보성은 매스 미디어 중 최고

매스 미디어 중 인터넷이 가진 가장 큰 힘은 속보성(速報性)이다. 글을 쓴 후 올리기만 하면 네티즌들이 바로 볼 수 있으므로 속보 경쟁에서는 인터넷을 따를 매체가 없다. 영향력도 엄청나다. 도메인(domain, 인터넷상의 주소)을 쳐 홈페이지를 열기만 해도 실시간에 정보를 접할 수 있으므로 그 글의 진실성과 정확성은 별도로 하더라도, 그 영향력은 그야말로 메가톤급이다. 그 때문에 모 양 비디오가 인터넷 상에 올려지기만 하면 일파만파로 파급되며, 모델 모 양이 동료 연예인 관련글을 올리자 금방 네티즌의 화제가 되곤 하는 것이다.

2002년 12월에 있었던 대통령 선거와 광화문 촛불 시위 과정에서도 인터넷의 힘은 입증됐다. 방송이나 신문, 잡지가 할 수 없는 일을 인터넷이 순식간에 해치운 것이다. 사실 그동안 매스미디어의 총아 역할을 했던 매체들은 신문과 방송, 잡지 등이었지만 이젠 많은 부분, 나아가 새로운 부분들을 인터넷이 도맡게 됐다고 해도 과언이 아니다.

다만 기존의 매체와는 달리 검증된 사람들의 여과 장치가 없으므로 인터넷 문화가 성숙될 때까지는 생각지도 않은 크고 작은 파장들이 나타날 것으로 추측된다. '대통령 선거 전자 개표 조작설'을 제기했던 모씨의 글이 이와 같은 경우다. 영향력이 큰 만큼 가려야 할 것도 더 많다는 점을 네티즌들은 인식해야 할 것이다.

2부 인터넷에서 글 잘 쓰는 비법

신문이나 잡지를 볼 때 처음부터 끝까지, 하나하나 보지는 않는다.
글을 읽기로 작정했다고 해도 끝까지 읽지 않고 도중하차할 수 있다.
인터넷에는 종이 매체보다 더 많은 글이 올라와 있다.
글이 많은 만큼 네티즌의 선택을 받기는 어렵다.
기획 아이템이 특출하고 콘텐츠가 탁월해서 네티즌의 눈에 들었다 해도 가독성이
떨어지는 글이라면 네티즌은 금방 다른 곳으로 가고 만다.
어떤 글이 네티즌의 눈을 끌어당기고, 끝까지 읽게 만들까?
가독성 높은 글쓰기는 이제 우리들의 과제로 떠올랐다.

*3*강 클릭하게 만드는 제목 달기

1. 제목이란?

모든 글에는 제목이 있다. 제목은 글을 읽기 전에 글의 내용을 미리 알려주는 것이므로 글에서 가장 중요한 부분이다. 많은 사람들은 제목을 보고 글을 읽을 것인가 말 것인가를 결정하기도 한다. 특히 정보의 바다인 인터넷에서는 제목만 보고 클릭해 들어가는 경우가 많기 때문에 제목의 중요성은 더욱 더 커진다.

1) 좋은 제목, 나쁜 제목

사람 이름에 좋은 이름과 나쁜 이름이 있듯이 글의 제목에도 좋은 제목과 나쁜 제목이 있다. 좋은 제목은 많은 독자들로 하여금 글을 읽게 만드는 제목이다. 클릭하게 만드는 좋은 제목은 어떤 것일까?

길거리에 나붙은 가게 간판(가게의 제목에 해당한다)을 생각해보자. 간판은 그 가게의 성격과 이미지, 판매 물품의 종류 등을 모두 함축시켜 만든 것이다.

닭집의 하나인 '안동 찜닭'을 예로 들어보자. 간판만 봐도 '안동식으로 닭을 찌는 집'으로 여겨질 것이다. 같은 안동을 표방하더라도 '안동 국시'집의 간판을 본다면 '안동식으로 국수를 뽑고, 국물을 만들고 고명을 뿌리는 집'으로 인식될 것이다. 또 '초가집'은 어떤가? 초가집이라고 이름이 붙었다면 주 메뉴는 무엇인지 확실하지 않지만 음식점의 분위기가 왠지 시골집을 연상시킬 것 같고, 음식도 향토 음식을 주로 내놓을 것으로 추측된다. 아마 주인 아주머니나 직원들도 훈훈한 인상을 풍길 것 같다. 이렇게 간판들은 다양하게 존재하지만, 사람들의 눈길을 끄는 것을 목적으로 하고, 상품의 내용을 함축한다는 공통점을 갖고 있다.

2) 명쾌한 제목이 좋은 제목

글의 제목도 간판과 마찬가지다. 사람들의 눈길을 끄는 것과 핵심 내용을 한눈에 알아볼 수 있도록 하는 데 목적을 둔다. 이 두 가지 목적은 따로 성취되는 것이 아니라 동시에 이루어져야 한다. 즉 글의 제목은 사람의 눈길을 끌면서 동시에 기사의 내용을 함축하고 있어야 하는 것이다.

핵심 내용을 쓰기란 쉽다. 글을 쓴 후 핵심 사항을 찾아내거나 글을 쓰기 전에 머리 속에 떠오르는 핵심 사항을 끄집어내면 간단하게 해결된다. 정작 어려운 점은 눈길을 끌게 쓰는 것이다. 눈길을 끌기 위해서는 호기심을 자극해야 하며, 이를 위해서는 선동적이고 자극적이고 과장된 표현을 사용해야 한다.

그렇지만 호기심만 추구한 나머지, 본문 내용과 유리된 내용으로 일관했다가는, 또 너무 과장되거나 선동적이고 자극적인 제목으로만 일관했다가는, 오히려 외면당하는 결과를 낳을 수도 있으므로 주의해야 한다. 제목만 믿고 본문을 기대했다가 실망한 경우가 그렇다. 또 너무 자극적인 단어들만 구성되었을 때 느끼는 혐오감도 무시할 수 없다.

추상적인 단어·문장 나열도 조심해야 한다. 추상 일변도로 나갔다가는 호기심을 불러일으키기는커녕 이해도만 떨어뜨리는 결과를 낳을 수 있다. 인터넷에서는 의미가 불분명한 추상적인 제목보다는 직설적인 제목이 명쾌하게 다가간다고 관계자들은 말한다.

물론 추상적인 단어라도 이미 공인된 것이라면 괜찮다. 이미 공인된 추상적인 문구는 경우에 따라서는 관심을 불러모을 수 있다.

2. 제목 작성법

● 전문이나 본문의 내용을 압축하여 뽑아야 한다.

제목은 글의 핵심 내용을 한눈에 알아볼 수 있도록 해야하므로 전문과 본문에서 뽑는다. 자극을 주는 문장을 쓴다고 해서 내용을 왜곡하는 제목은 좋지 않다.

● 문장이 성립되어야 한다.

모니터 사이즈의 제약 때문에 조사가 생략되는 등 불완전한 문장이 만들어지기도 하지만 문장 자체에는 오류가 있어서는 안 된다. 보여진 문장만으로도 의미 전달이 분명해야 할 것이다.

● 명쾌하며 간결하게 작성되어야 한다.

길이가 짧을수록 전달하려는 내용이 강해진다. 생략이 제목에 힘을 실어주는 것이다. 이를 위해서는 많은 어휘를 알고 있어야 하며, 문법 감각과 의미 감각이 남달라야 한다.

● 일상 생활에서 쓰는 구어를 주로 사용하는 것이 좋다.

일상어가 아닌 문어체로 제목을 만들 때는 딱딱해지고 이해하기 어려워진다. 그러나 구어를 사용하더라도 품위를 잃어서는 곤란하다.

● 네티즌의 호기심을 자극할 수 있도록 단어·문장 선택에 만전을 기한다.

● 애매모호한 추상적인 표현은 삼간다.

직설적인 표현이 오히려 이해가 빠르며 사랑을 받는다.

● 준말이나 약자, 유행어 등은 익히 아는 범위 내에서 활용한다.

널리 알려져 있지 않은 것을 인용해 봤자 효과가 없다. 널리 익숙한 말을 활용하면 의외의 효과를 볼 수 있다. 또 청소년 대상 글이라면 인터넷 용어와 이모티콘 활용도 가능하다. 그렇지만 '치고 빠지는' 식의 깜짝 사용에 그쳐야지, 빈번하게 사용하면 글이 저속하게 비쳐질 수 있고 효과가 반감되므로 주의하도록 한다.

3. 제목의 유형

1) 대화체형

사람을 인터뷰하여 쓴 글에서 많이 활용하는 방법이다. 인터뷰 대상이 한 말 가운데서 핵심이 될 만한 말을 인용하되, 압축하여 활용할 수 있다. 또 인터뷰한 내용을 쓴 글이 아니더라도 대화체형의 제목을 쓸 수 있다. 큰따옴표를 쓰고 핵심되는 내용을 말한 것처럼 쓰면 된다. 압축하기만 한 일반적인 제목보다 그 의미가 분명하게 전달된다.

① 서태지 "창작하기에 최적의 장소여서 일본을 택했다!"
② "수상 부담 벗어 홀가분…… 쉬었다가 새 작품 돌입"
　　영화 '취화선'으로 칸 영화제 감독상 수상한 임권택 감독
③ "살사 댄스 석 달이면 5kg이 빠진다!"

① 인터뷰 내용 중 핵심 사항을 제목으로 뽑았다.

② 인터뷰의 핵심 내용을 제목으로 뽑은 것은 ①과 같으나 두 줄인 것이 다르다. 두 줄의 글은 뒤바뀌어도 무방하다.

③ 인터뷰한 내용 중 핵심 사항을 쓸 수도 있고, 인터뷰한 내용은 아니지만 인터뷰 내용처럼 제목을 뽑을 수도 있다.

2) 압축 기본형

핵심 내용을 압축하여 만든 기본형 제목이다. 간결하고 명확하기 때문에 핵심 사항을 빨리 전달하는 효과는 있으나, 호소력이 떨어지는 단점이 있다.

① 차량 10부제 강제 시행 검토
② 재벌 개혁 정면 돌파

①, ② 별다른 꾸밈없이 핵심 내용만 압축했다.

3) 단정 어법형

글이 말하고자 하는 결론을 단정적인 어법의 서술형 어미를 써서 강조하는 제목이다. 네티즌들에게 강한 인상을 주거나 확신을 심어주기 위해 글쓴이가 자기 목소리를 내서 결론을 내리는 형식이다.

압박 축구 앞에 '빗장'은 없다!

압박 축구와 빗장은 각각 한국 축구와 이탈리아 축구를 지칭한 것이다. '없다'는 '진다'는 뜻을 담은 단정적인 어투이다.

4) 유행어 따라잡기

독자들에게 쉽게 다가갈 수 있으므로 즐겨 사용되는 유형이다. 지금 한창 유행하고 있거나, 과거에 유행했던 말을 차용하거나, 유행어에서 한두 단어를 따 와 활용하는 방법이다. 영화 제목, 노래 제목, 광고 카피 등 그 어떤 것에서도 따 올 수 있다.

① 후지산 비에 젖어 눈물에 젖어
② 게이트마다 '몸통설' 무성
③ 오~ 필승 코리아! 사커 룩
④ 안정환 vs 라울 '반지의 제왕' 가리자!
⑤ '인어 아가씨' 장서희, 꿈★은 이루어졌다
⑥ 못 일어나서 죄송합니다

① 영화 '파리는 안개에 젖어'에서 인용했다. '일본, 터키에 1:0으로 져'보다 훨씬 유혹적으로 다가온다.
② '몸통'은 몇 년 전 언론에서 만든 유행어. 한 단어만 차용한

경우다.

③ 월드컵 열기에 맞춰 사커 룩이 일반 평상복으로 유행한다는 글을 쓰면서 붙인 제목. ‘오~ 필승 코리아!’는 붉은 악마의 응원 구호다.

④ ‘반지의 제왕’은 영화 ‘반지의 제왕’에서 따왔다. 안정환, 라울 두 사람은 모두 골 세리머니로 반지 키스를 한다. ‘안정환 vs 라울 누가 더 세나?’ ‘안정환 vs 라울 누가 공 넣을까?’보다 훨씬 눈길을 끄는 제목이다. 영화 ‘반지의 제왕’이 돌풍을 일으키지 않았다면 이 제목은 탄생하지 않았을 것이다.

⑤ ‘꿈★은 이루어졌다’는 월드컵 후 가장 많이 활용되는 유행어. 붉은 악마가 월드컵 8강전에서 보여준 카드 섹션 문구 ‘꿈★은 이뤄진다’에서 나온 것이다.

⑥ 이주일이 폐암으로 죽자 ≪스포츠서울≫ 이상표 기자가 신문에 뽑은 제목. 이주일의 유행어 “못생겨서 죄송합니다”를 일부 차용한 제목이다. 이 제목은 ‘2002년 한국편집상’ 제목 부분상을 수상했다.

5) 비교형

서로 반대되는 낱말을 사용하여 글의 내용을 강조하는 방법. 잘 쓰면 재미도 있고 인상적이다. 그러나 반대되는 입장에 놓이도록 억지로 끼워 맞추다 보면 너무 과장하게 되므로 조심하도록 한다.

김두한 '날개', 구마적 '몰락'

드라마 '야인 시대'에서 김두한과 구마적이 한판 승부를 벌여 김두한이 종로파의 우두머리가 됐고, 구마적은 그 길로 종로를 떠났다. '날개'와 '몰락'은 반대적인 개념으로 대립되는 말이다.

6) 같은 단어 따로 쓰기

같은 단어를 서로 다른 뜻으로 써서 말의 재미를 느끼게 하는 방법이다.

히딩크, 김병지와 이운재 놓고 아직도 히딩크?

앞의 '히딩크'는 축구감독 히딩크다. 뒤의 '히딩크'는 'he think'를 의미한다.

7) 속담·격언·관용어 따라잡기

이미 우리가 잘 알고 있고 일상 생활에서 많이 쓰는 속담이나 격언, 관용어 등을 차용해서 쓰는 방법이다.

① 집 잃은 개 찾아 3만 리? 요령 알면 식은 죽

3강 클릭하게 만드는 제목 달기

② '세 살 고객 여든까지' 키즈 마케팅 붐

① '집 잃은 개 찾아 3만 리'는 '엄마 찾아 3만 리'를, '요령 알면 식은 죽'은 '식은 죽 먹기'를 따라 한 것이다.
② '세 살 버릇 여든까지'를 따랐다.

8) 반복형

하나의 낱말을 반복해서 사용함으로써 리듬감을 살리고 그 뜻을 강조하려는 방법이다.

① '마약 중독' 벤 애플렉, 이번엔 '쇼핑 중독'
② 올해도 머니와 머리를 굴립시다.

① '중독'이 반복 사용됐다.
② '머니'와 '머리'는 같은 단어는 아니지만 어감이 비슷해 같은 단어인 것처럼 반복 사용했다.

9) 숫자 제시형

구체적인 숫자를 제시하여 '이렇게 많이' 또는 '이렇게 적게'하는 깨달음을 주려는 쇼크 요법과 같은 방법이다.

① 한국인 1,200명 300억 받는다.
② 미국 폭격기 24대 한반도 배치

① 미국 다우코닝사의 실리콘을 사용한 유방 확대술 부작용 피해 한국인에게도 배상금이 돌아간다는 내용을 담은 글의 제목에 숫자를 넣었다.
② 폭격기를 배치한다는 점과 24대나 투입된다는 점을 모두 강조하고 있다.

10) 의문형

단정 어법과는 반대되는 기법으로 독자의 궁금증을 자극하여 호기심을 유발시키는 방법이다.

① 너희가 고딩을 아느냐?
② 서울 투어 버스 타 보셨어요?

의문형으로 해서 호기심을 자극한다.

11) 조어형

한자와 한글의 결합으로 말을 만들거나 없는 단어를 새롭게 만

3강 클릭하게 만드는 제목 달기

들어 강렬한 뜻을 전하는 제목 만들기이다. 2002년 월드컵 당시 신문 지상에 많이 등장했다.

① 마침내 佛꺼졌다.
② 韓방에 獨깬다!

① '불(佛)'은 프랑스다. 프랑스가 2002년 월드컵에서 16강행이 좌절되자 관련된 글의 제목으로 나왔다. '불'은 한자어로 프랑스를 의미하지만 한글로는 fire를 의미한다. 즉 佛 꺼졌다는 말은 '프랑스는 끝났다'는 말도 되고 '불이 꺼졌다'는 의미도 된다.
② '한국이 독일을 이긴다'는 말보다 자극적이어서 좋은 제목에 해당한다. 이 역시 '한주먹으로 장독을 깬다'는 뜻과 '독일을 이긴다'는 뜻을 모두 갖고 있다.

12) 한자 조어형

한자의 장점인 함축된 의미의 표현, 뜻, 소리 등을 활용하여 제목을 짓는 방법이다. 주로 사자성어화 한다.

위풍당당 삼바축구

브라질 축구 대표팀이 잘한다는 글을 쓰면서 붙인 제목.

13) 선동형

어떤 사안에 대하여 주장하거나 새로운 대안을 제시할 때 주로 쓰는 방법이다.

엄마 아빠~ 공연 보러 가요!

4. 제목 달기와 트렌드

제목 달기도 유행을 탄다. 때에 따라 문어체 제목, 명사형으로 끝나는 제목, 구어체 제목, 서술형 어미로 끝나는 제목 등이 인기를 끈다.

한때는 내용을 압축한 짧은 제목이, 또 한때는 설명적이고 긴 제목이 많이 나타났다. 그러나 중요한 것은 '제목이 그 글에 적절하냐 아니냐'하는 것이다. 청소년을 상대로 하는 글의 제목일 때는 부드러운 느낌이 나는 제목이 좋고, 유행어를 적극 활용하면 관심을 모을 것이다. 또 때론 이모티콘이나 인터넷 용어의 깜짝 사용도 눈길을 모을 수 있다.

*4*강 관심을 모으는 전문 쓰기

1. 전문이란?

글의 앞부분을 전문(前文), 리드(lead)라고도 하고 서두문이라고도 한다. 전문은 제목 못지 않게 중요하다. 제목이 좋아서 클릭해 들어왔다 하더라도 전문이 마음을 끌어당겨주지 않으면 본문으로 넘어가지 못한다. 전문이 본문을 계속 읽을 것인지 말 것인지를 결정하는 요소라고 할 수 있다.

전문은 온라인 신문이나 웹진의 프론트 페이지에서 곧잘 볼 수 있다. 주요 기사일 경우 제목과 함께 게재되어 네티즌의 눈길을 모으는 문장이 전문에 해당한다. 전문을 적극적으로 활용한 예라고 할 수 있다.

전문은 크게 긴 글의 전문과 짧은 글의 전문으로 나눠진다. 짧은 글의 전문은 전체 글이 짧은 만큼 전문도 짧다. 글의 맨 앞부분에 위치하며 한 문장(혹은 두 문장)으로 쓴다. 짧은 글의 전문은 외형적으로 볼 때 모양이나 위치에서 긴 글의 전문과 별다른 차이가 없다. 이때 짧은 글과 긴 글의 한계는 정확하게 나누긴 어렵지만 대략 전문과 본문이 한 화면에 들어오는가 아닌가로 나눌 수 있겠다. 사실 이 분량도 글자 크기에 따라 달라지나 대략 24줄 이내의 글이라면 한 화면 안에 들어올 수 있어 짧은 글에 해당한다.

2. 전문의 특징

1) 짧은 글 전문

짧은 글의 전문은 한 문장으로 승부를 거는 일인 만큼 촌철살인(寸鐵殺人)의 면모를 보여주어야 한다. 대부분의 글에서는 핵심 사항의 글이 된다.

2) 긴 글 전문

글이 길 때는 본문에 앞서 글의 내용이 대략 어떤 것인가를 알려 주는 글이 필요하다. 바로 이러한 점이 긴 글에서 전문의 역할이 된다.

글이 길 때는 글의 내용이 대략 어떤 것인가를 알려줄 필요가 있을 뿐만 아니라 전문을 본문과 분리해 강조해둘 필요가 있다. 글이 길게 이어지면 사람들은 금방 싫증을 느끼고, 끝까지 읽을 의욕을 잃게 된다. 그래서 전문을 본문과 따로 분리해 먼저 읽도록 하는 것이다.

이런 의미에서 볼 때 전문은 네티즌이 본문을 읽기 전에 대략 어떤 글인가를 알 수 있게 하며, 제목과 본 원고를 연결하는 징검다리의 역할을 한다고 할 수 있다.

즉 이 글을 싣게 된 글쓴이의 의도를 쉽게 파악할 수 있게 하고, 내용과 전개 방향에 대한 사전 지식을 알려주는 역할을 하는 것이다. 이런 점에서 전문은 독자를 위해 편집자가 제공하는 일종의 서비스라고 할 수 있다.

전문은 눈에 띄게 하기 위해 본문과 글자체나 굵기를 달리할 수도 있고, 색을 넣어 돋보이게 할 수도 있다.

3. 전문 쓰는 법과 유형

1) 짧은 글 전문

짧은 글 전문 쓰는 법

전문은 명쾌해야 한다. 이어지는 본문이 읽어보고 싶도록 유혹적으로 서술되어야 한다. 유혹적인 전문으로는 사람들의 마음을 끄는 광고 카피 같은 문장이 적합하다.

- 본 글의 내용 중 핵심 사항을 압축·요약한다.
- 글쓴이의 의도를 보여 준다.
- 독자의 호기심을 불러일으킬 수 있도록 유혹적으로 쓴다.
- 길지 않아야 한다. 길어도 50자 이상은 넘지 말아야 한다.
- 명료하고 정확하게 쓴다. 의미 전달에 가장 알맞은 단어를 선택하고 간결하고 문법에 맞도록 작성한다.
- 이해하기 좋도록 일상적인 구어체로 쓴다.
- 준말이나 약어는 널리 통용되는 것으로 쓴다.

짧은 글 전문의 유형

전문에는 요약형, 광고 카피형, 직접 인용형, 속담 격언 활용형, 질문형, 나열형, 선택형, 개인 사례형 전문 등이 있다. 어떤 전문이 글에 맞는가에 대한 정답은 없다. 중요한 것은 그 때마다 적합한 전문을 선택해 쓰는 것이다. 한 번 두 번 자꾸 전문을 쓰다 보면, 본문에 어울리는 전문을 저절로 알게 될 것이다.

<요약형>

본문의 내용을 집약한 전문. 가장 중요한 내용이 6하 원칙에 입각해 서술된다.

○○화장품에서 여름 동안 검게 그을렸던 피부를 하얗게 되돌려 놓는 미백

마사지 팩 △△를 개발, 시판을 시작했다. △△는 지금까지 선보였던 미백 마사지 팩에서 진일보된 마사지 팩으로 바르는 즉시 효과를 느낄 수 있는 것이 장점이다…….

<광고 카피형>

광고 카피 같은 문장을 앞세워 눈길을 끄는 형태이다. 광고 카피형 전문 뒤에는 요약형 문장이 따라와야 눈길을 모으고 핵심 사항도 전달할 수 있다. 이러한 형태가 좋은 글의 배합이라고 할 수 있다.

당신도 백색 미인이 될 수 있다! ○○화장품에서 여름 동안 검게 그을렸던 피부를 하얗게 되돌려 놓는 미백 마사지 팩 △△를 개발, 시판을 시작했다. △△는 지금까지 선보였던 미백 마사지 팩과는 다른…….

<직접 인용형>

사람의 말을 직접 인용하듯이 쓰는 전문. 인용한 말은 핵심 내용에 해당한다. 인터뷰 글에서는 직접 말한 내용 중 핵심 부분을 골라 압축시킨다.

"아침저녁으로 발랐더니 얼굴이 몰라보게 희어졌어요." ○○화장품에서 만든 미백 마사지 팩 △△가 여성들의 사랑을 받고 있다. △△는 검게 변한 피부를 하얗게 되돌리는데 탁월한…….

4강 관심을 모으는 전문 쓰기

<질문형>

평소 많은 사람들이 의문을 갖고 있는 사항을 설명할 때 활용된다. 새로운 물건, 제도, 현상, 사람 등을 설명한 글의 전문에 유용하다. 모 CF에서 인기를 끈 '니들이 게 맛을 알아?'라는 카피도 질문형이다.

미백 마사지 팩 △△를 아시나요? ○○화장품이 내놓은 미백 마사지 팩 △△가 인기다. △△는 여름철 자외선으로 검게 변한 피부를 하얗게 되돌리는데 탁월한 효과가⋯⋯.

<선택형>

본문의 내용이 양자택일의 상황일 때 주로 사용되는 전문 유형이다.

새로운 마사지 팩 △△냐? 기존의 마사지 팩 □□냐? ○○화장품의 신상품 △△와 ◇◇화장품의 □□가 50억 원 마사지 팩 시장을 놓고 한판 승부에 들어갔다⋯⋯.

<속담·격언 활용형>

속담이나 격언 등을 앞세워 주목을 끄는 전문 유형이다. 때론 시나 소설의 구절, 우화의 한 부분을 인용하여 전문에 활용할 수 있다.

세 살 버릇이 여든까지……. 겨울 방학을 맞아 무분별해진 식생활을 바로 잡으려는 어머니가 늘고 있다…….

<나열형>

본문의 내용이 한 가지로 집중되지 않고 두 가지 내용이 병렬적으로 제시될 때 활용되는 형태이다. 한 문장이 아닌 두 문장인 것이 특징이다.

중국에서 한류를 주도하는 것은 드라마이다. 또 리니지를 필두로 하는 온라인 게임도 한류의 주류로 떠올랐다. 중국을 뜨겁게 달군 드라마는 '별은 내 가슴에', '가을동화', '겨울연가'…….

<개인 사례형>

사례를 먼저 제시하는 편이 호소력이 있다고 여길 때 활용되는 유형. 사례가 강렬해야 한다. 대개 사례에 등장하는 사람 소개가 먼저 시작된다.

36세의 김○○씨는 종합 검진을 받고 깜짝 놀랐다. 젊은 나이인데도 폐경기 여성이나 걸리는 골다공증에 걸린 것이다. 김씨는 병원 측의 지시로 비타민 D가 포함된 종합 비타민제를 구입하고 헬스 센터에 등록했다. 이와 같이 폐경기 여성이 아닌데도 골다공증을 앓는 여성이 늘고 있다…….

2) 긴 글 전문

긴 글 전문 쓰는 법

짧은 글의 전문이 한 두 문장으로 이루어진 데 비해 긴 글의 전문은 한 단락으로 이루어졌다. 긴 글의 전문 역시 독자로 하여금 기사를 읽어보게끔 유도하는 광고문과 같은 것이므로, 독자가 글을 읽어보고 싶은 마음이 생기도록 유혹적으로 쓰여져야 한다. 그러기 위해서는 간결하고 날카로워야 하며 본문의 핵심 사항이 녹아 있어야 할 뿐 아니라 글쓴이가 본문을 어떻게 끌고 갈 것인가(편집 의도)가 드러나 있어야 한다.

- 본문의 내용 중 핵심 사항을 압축한다.
- 글쓴이의 의도를 보여 준다.
- 독자의 호기심을 불러일으킬 수 있도록 유혹적으로 쓴다.
- 길지 않아야 한다. 길어지면 중언부언하게 되며 느슨해져 매력이 반감된다. 길어도 180자 안팎으로 하도록 한다.
- 전문과 본문의 내용은 동떨어질 수 없다. 전문이 제시한 대로

본문이 쓰여져야 한다.

● 명료하고 정확하게 쓴다. 의미 전달에 가장 알맞은 단어를 선택하고 간결하고 문법에 맞도록 작성한다.

● 광고 문안을 쓴다는 기분으로 쓴다.

긴 글 전문의 유형

긴 글의 전문도 본문의 내용 중 핵심 사실을 부각해서 쓴다. 유형으로는 요약형, 줄거리 축약형, 클라이맥스 부각형 전문 등이 있다. 짧은 글 전문 유형으로 소개된 직접 인용형, 속담·격언 활용형, 질문형, 나열형 등은 유형으로 따로 구분하지 않았다. 이들은 모두 전문 속의 일부로 들어갈 수 있다. 긴 글의 전문은 한 두 문장으로 이루어진 것이 아니라 한 단락으로 이루어지기 때문이다.

<요약형>

글의 핵심 사항을 축약한 형태. 대부분의 전문이 이와 같은 형태를 취한다.

결혼한 사람 중 1/3이 이혼하는 이혼 전성 시대에 장애자 남편은 물론 시
부모, 시동생까지 억척 봉양한 효부가 있다. 슬하에 남매도 훌륭히 키웠다.
이 시대에 귀감이 되는 김영희씨를 만났다.

<줄거리 축약형>

간단하게나마 줄거리를 축약해 쓴 전문. 그다지 알려지지 않은
사람이나 사실, 상황 등을 소개할 때 줄거리 축약형을 활용한다.

뜻하지 않은 교통 사고로 장애자가 된 남편은 물론 시부모와 시동생들까지
억척 봉양한 김영희 효부. 김씨는 남편을 격려해 새 출발하게 하고 시동생
들을 훌륭히 장성시켜 출가시켰다. 슬하의 남매 모두 대학을 마쳤다. 특히
외아들은 미국 하버드대 교수다. 효부 김영희의 생애를 따라가 보자.

<클라이맥스 부각형>

본문이 평이하여 독자의 눈길을 끝까지 잡을 수 없다고 판단될
때, 클라이맥스를 부각시켜 전문을 만든다. 독자 입장에서는 전문
이 마음에 들어 본문을 읽기 시작했더라도 재미가 없으면 도중에
책을 덮을 수 있다.

비록 본문은 평이하더라도 클라이맥스 부분을 부각시켜 전문으
로 소개했다면(독자가 전문을 읽었다면) 그 부분이 나타날 때까지
(읽고 싶어) 계속 책을 보게 된다. 역피라미드형 구성 형식 이외의
글에서 활용된다.

2부 인터넷에서 글 잘 쓰는 비법

"슬금슬금 톱질이야!" 박이 좌우로 갈라지고 각종 보물이 쏟아져 나온다. 가난한 흥부가 부자가 되는 순간이다. 권선징악을 소재로 한 한국의 고전 중 하나인 '흥부와 놀부' 처음부터 끝까지.

제목·전문·본문은 한 세트

긴 글의 전문 쓰기에 있어서 빠뜨릴 수 없는 것은 제목과 전문, 본문이 같은 맥락에서 서술되어야 한다는 점이다. 이들이 각기 다른 표현을 한다면 엉망인 글이 되고 만다. 즉 제목과 전문, 본문이 따로 놀아서는 곤란하다는 뜻이다.

다음 글을 보면 제목이 달라짐에 따라 전문과 본문도 달라짐을 알 수 있다. 주제가 어떻게 달라지든 제목과 전문, 본문은 한 세트로 움직여야 제대로 쓴 글이 된다.

아래 예문은 외국인을 대상으로 한 한국 알리기 홈페이지에 실을 '흥부전'의 소개글을 가상으로 쓴 것이다. 모두 흥부전을 소개한 것이지만 글쓴이의 의도에 따라 각기 주제가 다르다. 예문을 통해 주제가 달라짐에 따라 제목과 전문, 본문이 180도 달라짐을 알 수 있다.

제목 : 한국 이솝 우화 '흥부전'
전문 : 서양 아이들은 자라면서 이솝 우화를 듣는다. 한국의 아이들은 전래 동화를 듣고 자란다. 전래 동화는 아이들에게 '착하고 바르게 살라'는 교훈을 준다. 한국 전래 동화의 하나인 '흥부전'을 소개한다.

본문 : 옛날 어느 마을에 흥부와 놀부 형제가 살고 있었다. 형 놀부는 부모가 남겨 준 재산을 몽땅 차지해 부자였지만 마음씨가 고약하고 심술꾸러기였다. 동생 흥부는…….

평이한 전문이므로 본문 내용도 평이하다. 본문은 일반적인 흥부와 놀부의 이야기로 쓰여져 있다.

제목 : 착하게 살아야 복 받지
전문 : 한국의 전래 동화 중에는 착하게 살아서 부자가 된 '흥부전'이 있답니다. 어떻게 흥부가 부자가 되었는지 궁금하지 않습니까? 동화의 나라로 안내할까요.
본문 : 마을에서 첫째 손가락에 꼽힐 정도로 가난한 흥부집 지붕에 박이 주렁주렁 열렸습니다. 이 박은 제비가 강남에서 돌아오면서 갖다 준 박씨를 심어 자라난 것입니다. 지난 해 어느 날, 뱀으로 인해 위험에 처한 제비를 흥부가 구해 준 은혜로 가져온 박씨랍니다.
오늘은 박을 타는 날입니다. 이불 하나로 온 식구가 덮고 자며, 밥풀보다는 시래기가 더 많은 밥을 먹어 온 흥부 가족에게는 박이 귀중한 재산이 될 것입니다. 박 속은 식량으로 먹게 되며, 박 껍질은 바가지로 만들어 팔 수 있으니까요…….

전문의 내용은 흥부가 부자가 된 것에 초점을 맞추고 있다. 본문 역시 흥부가 부자가 된 방법과 과정에 초점을 맞추어 쓰여져 있다.

제목 : 놀부가 기가 막혀

전문 : 게으른 사람은 성공하지 못하고 부지런한 사람이 성공한다는 것은 만고의 진리. 그런데 흥부전의 놀부는 부지런한데도 욕을 먹고 있으며 흥부는 게으른데도 칭찬을 받는다. 그 실체를 파헤쳐 보자.

본문 : '흥부전'은 흥미로운 전래 동화이지만 흑백 논리에 치우친 점이 단점으로 지적되는 작품이다. 흥부는 시종 착한 사람으로 소개되고 있는데, 현대적인 시각에서 보면 흥부는 지탄받을 부분이 많다. 첫째, 흥부는 적극적인 사회 활동을 하고 있지 않다. 몸을 던져 직업을 얻을 생각은 하지 않고, 형에게 쌀을 빌리거나 대신 얻어맞고 금품을 받으려고 한다.

둘째, 집안 사정은 고려하지 않고 자녀들만 주렁주렁 낳았다…….

흥부는 비록 제비 다리를 고쳐주는 선을 행하는 등 착하게 살았지만 생활력은 없다고 비판한다. 또 놀부는 욕심이 많았지만 항상 목표를 위해 열심히 정진하고 노력해왔다고 쓰고 있다.

제목 : 제비가 가져다 준 행운과 불행

전문 : 권선징악. 착한 사람은 복을 받고 악한 사람은 벌을 받는다는 뜻이다. 한국 전래 동화에는 이 같은 내용이 많은데 대표적인 것이 '흥부전'. 흥부와 놀부, 형제는 어느 날 제비가 가져다 준 박씨로 삶이 뒤바뀌는데…….

본문 : 뱀에게 먹히려는 찰나에 구해 준 흥부에게 제비가 가져다 준 박씨. 어느덧 흥부네 지붕에는 탐스런 박이 주렁주렁 열렸다…….

본문은 평범하게 쓰든, 위의 경우처럼 박씨를 여는 장면부터 시

4강 관심을 모으는 전문 쓰기

작하든 간에, 전문에 따라 제비가 가져다 준 박씨로 인해 흥부와
놀부의 삶이 뒤바뀌는 데 초점을 맞춘다.

제목 : 박에서 쏟아져 나온 보물
전문 : "슬금슬금 톱질이야!" 박이 좌우로 갈라지고 각종 보물이 쏟아져 나
온다. 가난한 흥부가 부자가 되는 순간이다. 권선징악을 소재로 한 한국의
고전 중 하나인 '흥부와 놀부' 처음부터 끝까지.
본문 : 옛날 어느 마을에 흥부와 놀부 형제가 살고 있었다. 흥부는 마음씨
착한데 비해 형 놀부는 부모의 재산을……가장 큰 박에 톱을 걸었다. 힘을
주어 톱질을 시작한다. "슬금슬금 톱질이야!" 몇 번 힘을 주자 박에 금이
가기 시작했다. 마지막 힘을 가하자 "펑!" 소리와 함께 박이 좌우로 갈라지
면서…….

  본문은 평이하지만 보물이 쏟아져 나오는 극적인 순간을 전문
으로 내세워 글을 읽게 만들 수 있다. 본문이 비록 길지 않더라도
전문에서 제시한 클라이맥스 부분을 중심 내용으로 부각시켜 써야
한다.

제목 : 놀부 심보와 경제 철학
전문 : 정과 우애를 최고의 덕목으로 치던 옛날에도 금전 감각이 남달랐던 사
람이 있다. 놀부는 물론 구두쇠로 심지어 철면피로 욕을 먹었지만 나름대로
경제 철학을 갖고 있다. 이름하여 '놀부 심보'. 흥부전에 녹아 있는 놀부 심보
를 조명해본다.

본문 : 놀부는 아버지의 재산을 많이 받았지만 불리는 데도 게을리 하지 않았
다…….

놀부의 경제 철학에 초점을 맞춘 전문. 본문은 전문에서 말한
대로 놀부와 놀부의 경제 철학에 초점을 맞추어 서술되어야 한다.

*5*강 마음을 움직이는 구성 형식

집을 지을 때 설계가 중요하듯 글을 쓸 때도 구상이 필요하다. 중심 구조는 어떻게 엮고, 핵심 내용은 무엇으로 할 것인지를 구상하는 것이다. 무엇을 세부 이야기로 담는다는 구성도 따라야 한다. 어떻게 구성하는가에 따라 글의 흐름과 내용은 확연히 달라진다.

구성 형식에는 여러 가지가 있다. 대개 역피라미드형, 피라미드형, 혼합형, 월스트리트 저널형, 단락 독립형 등으로 나눈다. 이 책에서는 다루지 않지만 주의·주장을 펴거나 소설, 콩트, 수필 등을 쓸 때 활용되는 서론·본론·결론형, 기승전결(起承轉結)형도 있다.

1. 역피라미드형

인터넷의 특성상 가독성이 뛰어난 구성 형식으로 평가받는 것은 역피라미드형 구성 방식이다. 역피라미드형은 피라미드의 가장 넓은 밑부분이 위로 올라와 있는 모습이다. 즉 가장 중요한 내용부터 먼저 서술하는 방식을 말한다.

많은 네티즌들이 대강대강 훑어보는 습성을 가졌고, 또한 인터넷 자체가 훑어보게 만들기 때문에 역피라미드형 구성방식은 인터넷 글쓰기에 필요하다.

사실 전문을 강조해 서술하는 글 자체가 바로 역피라미드형 문장 구조를 따른다고 할 수 있다. 집중이 되지 않는 인터넷 모니터에서 글을 읽고 빨리 이해하도록 하려면 첫 문장에서 가장 중요한 것을 말해 주는 역피라미드형 서술 방식이 가장 적합하다고 할 수 있다.

또 바쁜 세태의 젊은이들은 글을 끝까지 읽는 끈기가 없다. 처음 몇 줄을 읽고 포기하는 경우가 많다. 이런 이유에서도 중요한 내용 순으로 구성하는 역피라미드형 서술 방식은 꼭 필요하다. 아무리 좋은 내용이라도 첫 문장에서 네티즌을 사로잡을 수 없으면 실패한 글이 되고 만다.

기껏 어렵게 기획하여 글을 쓰고 이미지를 모아 홈페이지를 만들었는데 네티즌에게 외면을 당한다면 얼마나 속상할까. 지금부터라도 역피라미드형 글쓰기를 연습해보자.

역피라미드형 구성 방식은 가장 중요한 내용(리드 포함) - 중요한 보충 사실 - 홍미있는 세부 사실 - 세부 사실의 순서로 이루어져 있다.

생활 가전 업체 ○○는 해파 필터(HEPA)를 사용, 강력한 흡착력으로 미세한 먼지를 포집할 수 있는 공기 청정기를 선보였다. ○○의 공기 청정기는 프리 필터와 해파 필터, 탈취 필터, 고압살균 집진판, 음이온 발생의 5단계 필터 방식으로 담배 연기, 음식 냄새, 유해 가스, 악취 등 각종 냄새 제거에 효과적이다.

특히 특수 대전 섬유인 해파 필터는 강한 흡착력으로 인체에 해로운 집먼지, 진드기, 바이러스, 곰팡이 등 0.3μm의 오염 먼지까지 제거할 수 있다. 저온 촉매 탈취 필터를 장착한 것도 주요 특징이다. 저온 촉매 탈취 필터는 포름알데히드 등 유해한 냄새를 분해, 5분 가동 시 90% 이상, 한 시간 이상 가동 시 100% 악취를 제거한다.

직류(DC)모터를 써 소음이 없고 큰 절전 효과를 볼 수 있다. 또 고압 살균 집진판을 써 90% 이상 살균 작용을 하기 때문에 깔끔한 공기 정화가 가능하다.

이 회사의 공기 청정기는 아파트, 일반 가정, 기숙사, 사무실 등의 탁한 실내 공기를 빠르게 정화시켜 깨끗한 실내 공기를 만들어내며 고감도 냄새 센서와 먼지 센서가 장착돼 있어 스스로 감지하고 자동으로 정화한다. 또 깊은 숲 속이나 바닷가의 공기와 같은 음이온 발생으로 신진 대사를 원활하게 한다는 것이 회사 측 설명이다(≪전자신문≫ 특집 43면, 2002.10.9).

역피라미드형의 구성은 인터넷에서 글을 쓸 때뿐 아니라 일상에서도 필요하다. 예를 들어 입사하려는 회사에서 자기 소개서를 요구할 때 대부분의 사람들은 연대기식으로 자기 소개서를 쓸 것이다. 출생, 유년 시절, 학생 시절, 청년 시절, 그리고 현재를 서술한다. 이런 경우, 쓰기는 쉽겠지만 읽는 사람의 입장에서는 밋밋하고 재미없는 글이 된다. 자기 소개서가 당락을 결정하는 마당에 평이하고 밋밋한 연대기식 글은 '당(當)'보다는 '락(落)'에 가깝게 만든다.

자기 소개서를 쓸 때도 역피라미드 구성 형식이 가장 좋다. 이때 앞머리를 차지하는 가장 중요한 내용은 그 회사에서 필요로 하는 능력이 될 것이다. 인터넷 관련 IT 회사라면 인터넷 검색 실력이나 기획 능력·디자인 실력이, 건축 회사라면 건축관련 자격증 등이 자신의 능력이 될 것이다. 어떤 회사인가에 따라, 누구인가에 따라 자기 소개서 앞머리를 차지하는 내용이 달라진다.

그렇지만 지금 이 책을 보고 있는 많은 사람들도 막상 역피라미드형으로 글을 쓰라면 어떻게 써야 할지 막막할 것이다. 간단하게 미팅을 한다고 생각하자. 미팅을 할 때 상대에게 어떤 이야기부터 시작하는가?

10명이면 10명, 자기 이름부터 말한다. 왜냐면 자기 소개에서 이름이 가장 중요하기 때문이다. 그 다음엔 이야기하는 사람마다 달라지게 된다. 자신을 상대방에게 소개하는 데 있어서 중요한 부분이 누구나 똑같은 것이 아니기 때문이다. 본인이 좋은 대학을 다니거나 졸업했다면, 혹은 수석을 차지했다면 그 부분부터 말할 것이다. 학교는 그다지 좋지 않지만 만약 좋은 직장을 다닌다면 그 사실부터 밝힐 것이며, 그밖에 자랑할 만한 일들을 흘릴 것이다. 아마 본인에게 불리한 사항은 상대방이 묻기 전에는 말하지 않을지도 모른다.

2. 월스트리트 저널형

미국 유수의 신문 ≪월스트리트 저널≫의 1면 트렌드 기사에서
자주 다룬 구성 형식이라고 해서 월스트리트 저널형으로 부른다.
≪월스트리트 저널≫ 1면 트렌드 기사는 삽화나 예화 등 실례 중
심의 소프트한 내용이 글의 전면을 차지하여 환영을 받았다. 즉 월
스트리트 저널형은 소프트한 내용으로 먼저 네티즌의 주목을 끈
다음 핵심 사항으로 접근하는 서술방식이다.

역피라미드 구성 형식으로 서술하면 너무 딱딱하거나 건조하다
고 느껴질 때, 또는 간단한 실례가 주제를 대변할 만큼 강렬할 때
활용해볼 만한 형식이다.

구성 형식은 삽화·예화 등의 실례−가장 중요한 사실−중요한
보충 사실(덧붙여 세부 사실)등의 순서로 전개된다. '실례−가장 중
요한 사실' 다음에는 상황에 따라 보충 사실이나 세부 사실을 건
너뛸 수도 있다.

삽화·예화 등의 실례는 엄밀히 말하면 세부 사실에 해당한다.
세부 사실을 앞세우는 이 같은 구성 방법은 세부 사실이더라도 흥
미를 유발한다면 글의 맨 앞에 갖다 두어 주목을 끌 수 있다는 사
실을 입증하는 것이다(53쪽 참조).

17개월 된 아이를 둔 최성아씨는 회사에서 촉망받는 마케팅 경력 8년 차의 전문직 여성이다. 최씨는 최근 정들었던 직장을 그만두었다. 이유는 아이를 돌봐 줄 보모가 없기 때문이다. 그동안은 출근 전에 아이를 친정에 맡기고 퇴근 후 찾아왔지만, 최근 친정 어머니의 노환이 깊어져 그것마저 어렵게 된 것이다. 시부모님 역시 연로하신 데다 집이 공주여서 그것도 어렵다.

31개월 된 아이를 둔 김민지 씨는 외국 화장품 회사 기획 담당자이다. 그녀 역시 퇴사를 심각하게 고려하고 있다. 아이를 맡길 곳이 없어서이다. 남자 직원들과 대등하게 능력을 발휘하려면 야근과 출장을 밥먹듯이 해야 하는데, 도무지 엄두가 나지 않는다. 다른 직장을 찾아봤지만 근무 조건은 마찬가지다. 김민지 씨 정도의 능력을 발휘할 직종과 직위에서는 모두 그만큼의 경쟁을 요구한다.

최근 들어 우수한 여성 인력이 여러 방면에 대거 진출하는 가운데 한창 능력을 발휘할 30~40대에 퇴사하는 일이 여전히 많아 여성계에서 타개책 마련에 몰두하고 있다. 능력을 발휘하는 중간 세대 인력이 줄어드는 M현상은 구미 선진국에서는 찾아보기 힘든 사례다. 이때가 아이를 낳아 육아를 시작하고 아이를 초등학교에 진학시키는 시기이다. 이때는 어머니의 손이 가장 많이 필요할 때다.

그렇지만 우리 나라의 경우 어머니를 대신할 보모의 손이 아쉽기만 한 형편이다. 비교적 값싼 보육원에 맡기기엔 시간상 제약을 받는다. 보통 보육원들은 아침 9시부터 저녁 5시(혹은 6시)까지 아이를 맡아 준다.

그렇지만 아이를 맡기고 출근하는 시간과 또 퇴근 후 보육원까지 가야 하는 시간, 야근할 경우를 감안하면 보육원에서 아이를 맡아 주는 시간은 턱없이 부족하다.

입주 보모의 경우는 너무 비싸다. 사실 방 하나를 더 마련해야 하는 시설비 투자값도 만만치 않지만 월 120만~150만 원에 해당하는 월급은 큰 제약이 된다. 본인의 교통비와 지출 등을 감안하면 밑지는 장사밖에 되지 않는다…….

이 글은 최씨의 사례와 김씨의 사례를 먼저 썼다. 이 글에서 가장 핵심이 되는 내용은 밑줄 친 '최근 들어~몰두하고 있다'이다.

역피라미드 구성의 경우라면 최씨와 김씨의 사례는 이 글의 마지막 부분에 서술되어야 한다. 그렇지만 이렇게 앞세워 관심을 모을 수도 있다. 사례가 재미있고, 공감을 얻을수록 월스트리트 저널형이 돋보인다.

3. 피라미드형

역피라미드의 반대적 개념. 피라미드가 바로 서 있는 형태이다. 끝 부분에 중심 내용을 서술하는 방식으로 연대기적 유형이라고 말할 수 있다. 어떤 사건이나 인물에 대한 설명의 한 부분을 도입으로 시작해서 점점 흥미나 서스펜스를 형성하고 클라이맥스를 제시하다가 결론으로 이끄는 형태이다. 어떤 사람의 성장 과정이나 어떤 사건의 흐름 등을 서술할 때 주로 활용한다.

우범곤은 1955년 11월 5일, 부산시 동구 초량동에서 우병해, 김다남 사이의 네 아들 중 셋째로 태어났다. 아버지 우병해는 우범곤이 태어날 당시 부산 동부경찰서 정보과 형사로 재직하고 있었다.

그는 인근의 초량동 소재 초량국민학교에 다녔다. 국민학교 재학 시 평범한 소년으로서 품행은 모가 나지 않을 정도였으며, 학교 성적은 중상위로서 비교적 무난한 학교 생활를 하였다고 측근은 전한다. 그는 국민학교 재학 시 남보다 더 나을 것도, 나쁠 것도 없는 평범한 가정 환경 속에서 성장 과정을 거쳤다. 부모의 금슬은 그다지 원만하지 않았으며, 아버지는 직업상 자주 집을 비웠고 자식들에게 무관심한 편이었다.

그는 초량국교를 졸업한 후 좌천동 소재의 금성중학교에 입학했다. 이 학교는 언덕배기 비탈길에 세워진 학교로 시설 면에서나 수업 분위기 면에서 그렇게 좋은 편은 아니었던 것으로 보인다. 중학교 생활 태도는 전체적으로 불성실했다. 1학년 때는 6번, 2학년 때는 16번, 3학년 때는 6번 결석했다. 출석 상황란에는 '1년-불량함, 2년-맹장염 수술로 인한 결석, 3년-무계출 결석'으로 적혀 있다.

당시부터 한 가지 눈에 띄는 것은 본인이나 부모 모두가 경찰 공무원이 되기를 원하고 있었다는 점이다. 그는 평소에 자신의 아버지가 경찰임을 자랑삼아 말했으며, 학우간의 다툼 중에도 아버지가 경찰임을 은연중 내세웠다고 한다. 이러한 점으로 미루어 그는 당시 경찰상을 대민 우위적으로 여겼거나, 경찰직을 우러러 보았음을 알 수 있다.

이러한 점은 아버지가 보여준 평소의 언행과 관계가 깊다 하겠다. 대민 관계에서 권위주의적인 우월감을 평상시에 자식들에게 노출함으로써 관료적 권위 의식이 자연스럽게 아들에게 이입됐을 거라는 생각이다. 경찰관상에 대해 이처럼 비뚤어진 편견을 가졌던 그가 아들에게 경찰관이 되기를 원했다는 점이 오늘의 비극의 시초가 됐는지도 모른다. 우범곤의 취미 또는 특기 사항을 보면 축구와 등산으로 나타나 있다. 특히 등산은 그가 사고를 저지를 때까지 줄곧 계속된 취미라는 점에서 관심을 끈다.

고등학교를 올라가면서 학교 생활은 더 나빠졌다. 고1 때는 6회 결석한 반면, 고2 때는 10일, 고3 때는 13일을 결석하는 등 비정상적인 학습 태도가 확연히 드러난다. 그가 이러한 학습 태도를 보인 것은 그의 주변 환경에 모종의 문제가 발생했음을 암시해준다고 봐야 할 것이다. 학업 성적 역시 전과목에 걸쳐 부진을 면치 못했다. 우범곤이 겪은 가정 환경의 변화가 그의 학업에 어떤 영향을 미쳤는가가 여실히 드러난다. 부친이 병상에 드러눕게 된 것이 원인이었다.

사춘기를 보내면서 우범곤은 자기 주장이 세고 내성적인 성격의 소유자로 변화해 간다. 고등학교에 들어오면서 각종 스포츠에 전념했으며, 무술에도 관심을 가져 고3 당시엔 벌써 안하무인격의 인간형으로 변모되고 있었다고 주변 친구들은 기억했다. 즉 그는 아버지의 영향과 자신의 양호한 신체적 우위를 바탕으로 점차 폭력적이고, 파괴적이며, 호전적인 성향을 보여주고 있었던 것이다. 아버지가 모든 가산을 탕진하고 돌아가시자 아담한 한옥을 처분, 남의 집 전세방 신세를 지게 되었다. 성적이 이유 없이 떨어지고 무단 결석과 사고가 잦아졌다. 이 시기에 더욱 내성적이고 쉽게 화를 내는 성격으로 변모하였다. 갑작스레 전락한 가정환경은 예민한 사춘기 소년이었던 우범곤에게 돌이킬 수 없는 정신적인 상처를 입혔던 것으로 보인다. 고등학교 2학년 겨울 방학 때의 일이다.

홀어머니와 네 아들은 앞길이 암담하였다. 누구 하나 돈벌이하는 사람이

5강   마음을 움직이는 구성 형식

없었다. 생각다 못한 어머니는 약간의 돈으로 돈놀이를 하기도 했다. 그러나 몇 푼 안 되는 금액이라서 가계에는 아무런 도움을 주지 못했고 얼마간 지내다 보니 그것마저도 다 떨어져버렸다. 그래서 큰형은 모 자동차 공장 경비원으로, 작은형은 직물 공판장 점원으로 일을 나갔다.

가정 환경의 급격한 변화를 겪으면서 그의 학교 생활 역시 어둠 속으로 빠져들고 말았다. '가사로 인한 결석'이 늘어나는가 하면, 더욱 내성적이고 상처받기 쉬운 성격으로 변했다. 교우 관계에서도 조금씩 변화가 나타나기 시작했다. 자신의 불우한 처지와 비슷한 두 세 명의 친구를 제외하곤 어느 누구와도 대화를 트러 하지 않았다. 급격히 기운 가세 속에서 심한 열등감과 좌절감에 빠진 탓인지 등산을 더욱 광적으로 좋아하기 시작했다. 외로움과 좌절, 열등감 등이 투쟁의식으로 형성되는 과정에서 산은 유일한 정복의 대상이었던 것이다. 등산 외에도 달리기, 매달리기, 합기도, 태권도 등 모든 운동에 정력적으로 힘을 쏟았다. 어렵고 험난한 작업을 해냄으로써 육체적 우월감을 과시했다. 그것은 곧 정신적인 열패감의 극복 수단이기도 했다. 1975년 2월, 그는 부산실업전문학교 조경과에 입학한다. 이 학교 입학 당시 그가 자필로 제출한 학생 신상 기록 카드를 보면 이미 처분한 것으로 돼 있는 자택 주소를 아직 그대로 기재하고 큰형을 대졸로, 작은형을 대학 재학으로 허위 기재한 사실을 알 수 있다…….

우범곤은 1980년, 경찰관 공개 시험에 합격해 부산시 남부경찰서 산하 파출소에 근무하게 됐다. 부임 후 이렇다 할 사고나 문제를 일으키지는 않았지만 피의자 조서를 받는다거나 대민 업무에 있어서 자주 폭력을 행사, 말썽을 일으켜 동료들의 힐책을 받았다고 전한다. 그가 서울로 전출된 것도 사실은 동료들과 적응하지 못해 스스로 자원한 것이었다고 한다.

2부 인터넷에서 글 잘 쓰는 비법

그는 지난 1981년, 서울시경 산하 특수 경호 업무 부서로 전직되었으며, 이곳에서도 각종 문제아로 등장하여 골치를 썩혔다. 그러다가 1981년 12월 중순경, 마침내 이곳에서도 그의 못된 버릇인 폭력을 동료에게 행사, 장파열에 이르도록 하는 중상을 입혔으며, 그 결과 징계를 당했다. '미친 호랑이'로 불리던 이 당시 그는 경찰관 부적격자로서 제일 중한 징계인 파면을 당함으로써 경찰관직을 떠나야 했으나, 그렇지 못한 게 오늘의 화근이 되었다고 볼 수 있다. 그는 단지 벽지 지서로 좌천·전보되었으며, 경북 의령경찰서 궁류지서가 그의 부임지가 되었다.

우범곤이 서울에서 징계를 당한 후 궁류에 부임한 것은 정확히 1981년 12월 30일 저녁이었다. 우범곤은 궁류지서에 오자마자 누구에게나 신경질을 부렸다. 지서 주임이나 차석에게도 안하무인격인 언행을 취했다…….

『윤재걸르포집』에서 '우순경, 그는 어떤 사람인가'를 발췌하여 요약한 글이다. 불우한 성장사가 '의령 총기 난사 사건'을 만들 수밖에 없었다는 초점으로 글을 풀었다. 글이 진행될수록 핵심으로 다가가는 피라미드형의 기본인 연대기식으로 서술되어 있다. 윤재걸씨는 우리 나라를 대표하는 르포 작가 중 한 사람이다.

4. 혼합형

글의 맨 앞과 끝 부분에 중요한 내용이 게재되는 형식. 양괄식 형태를 띤다고 할 수 있다. 피라미드형으로 글을 써야 하는데, (글의 서두 부분이 밋밋하여) 독자들이 아예 읽지 않을지도 모른다고 걱정된다면 혼합형을 선택할 수 있다.

일단 핵심 사항을 담은 전문을 쓰고 난 후, 피라미드형을 본문으로 도입한다면 혼합형이 된다. 독자들로 하여금 글을 처음부터 끝까지 읽게 하려면, 또 문장력에 자신이 있다면 이 형태를 활용해 보자.

불우한 생활 환경과 가정 교육 실종이 인간을 범죄자로 내몰고 있다. 4개 마을을 돌면서 주민 56명을 무차별 사살했던 '1982년 의령 경찰 총기 사건'의 범인인 우범곤 순경의 성장사에서도 이와 같은 사실을 알 수 있다. 우범곤은 1955년 11월 5일, 부산시 동구 초량동에서 우병해, 김다남 사이의 네 아들 중 셋째로 태어났다. 아버지 우병해는 우범곤이 태어날 당시 부산 동부경찰서 정보과 형사로 재직하고 있었다…….

5. 단락 독립형

내용이 달라지는 각 단락들을 독립시켜 쓰는 형식. 각 단락은 내용·형식상 서로 독립된 성격을 띤다. 한 단락에서의 글은 또 다시 역피라미드형이나 월스트리트 저널형, 피라미드형을 나타낸다. 독립된 각 단락마다 중간 제목을 넣으면 읽기 쉽고 이해가 빠르다.

독신자가 지켜야 할 꼼꼼 건강 수칙

독신이 늘고 있다. 혼자 살수록 건강에 유념해야 한다. 자칫 잘못 하다간 건강을 놓치기 쉽다. 혼자 사는 사람들이 지켜야 할 건강 수칙을 알아본다.

〈배달식이라도 챙겨 먹기〉

혼자 살수록 아침을 건너뛰는 등 끼니를 안 먹거나 대충 차려 먹는 경향이 있다. 하루는 어떻게 넘어간다 하더라도 계속 쌓이게 되면 건강에 적신호가 분명히 온다. 밥 해먹기가 번거로우면 배달식이라도 시켜 먹자. 따끈한 밥과 국, 반찬 등을 날마다 메뉴를 바꿔가며 출근 시간 전에 정확하게 배달해 주는 배달식이 많다. 가격은 한 끼에 1,500원~2,000원선.

〈경계 대상 1호 컴퓨터와 술〉

혼자 사는 사람들의 절친한 친구이자 경계 대상 1호가 컴퓨터와 술이다. 두 가지 모두 적당할 때는 삶의 윤활유 역할을 하지만 도가 지나치면 많은 병을 초래한다. 컴퓨터를 오래 할 경우엔 안구의 시림 증상, 어깨·허리·등의 근육통을 동반한다. 술은 비만은 물론 간질환을 가져온다.

〈규칙적인 수면〉

혼자 사는 사람들의 나쁜 습관 중 하나로 불규칙한 수면을 꼽을 수 있다. 수면이 부족하거나 불규칙할 때는 인체 리듬이 깨지고 스트레스와 피곤도 가중된다. 급기야는 모든 병의 근원이 되고 만다. 숙면을 취하려면 오전이나 이른 오후에 규칙적인 운동을 하고 잠들기 6시간 전에는 커피, 담배,

카페인이 든 음식을 삼간다.

　'독신자가 지켜야 할 꼼꼼 건강 수칙'은 글 전체의 제목이다.
'독신이~알아본다'는 전문이고, 이후부터 단락 독립형 구성 형식
을 띠고 있다. '배달식이라도 챙겨 먹기', '경계 대상 1호 컴퓨터와
술', '규칙적인 수면'은 단락들의 중간 제목들이다.
　각 단락 앞에 중간 제목을 두지 않고 그대로 이어져도 무방하다
(단락 독립형임에는 변함이 없다). 126쪽의 '2002 FIFA 월드컵 / 한국
vs 이탈리아전, 세계 언론의 반응' 본문은 중간 제목이 없지만 단
락 독립형 구성 형식의 글이다.

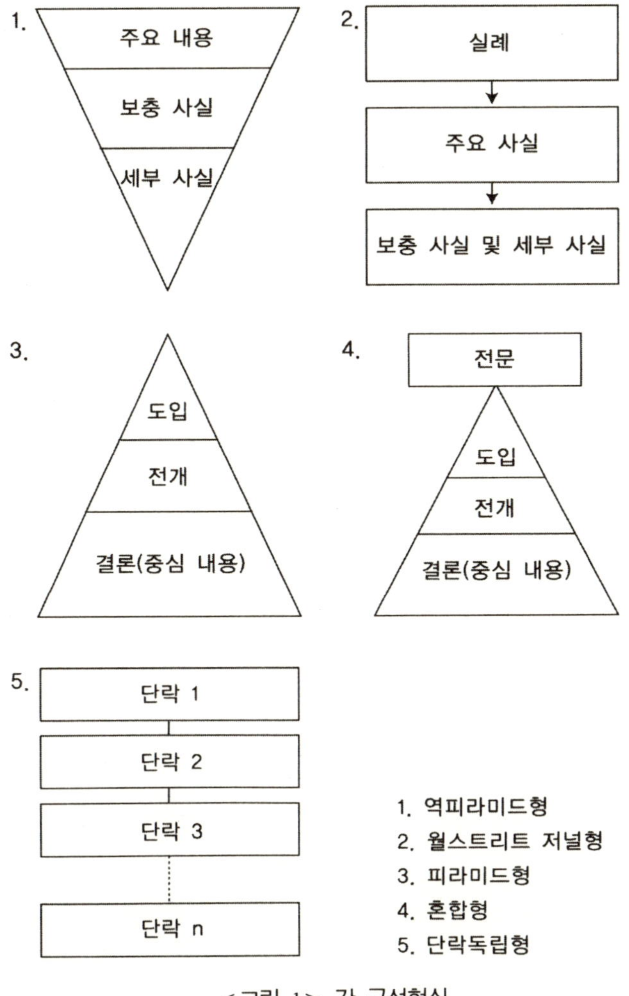

<그림 1> 각 구성형식

5강 마음을 움직이는 구성 형식

6강 계속 읽게 하는 본문 쓰기

1. 읽기 좋고, 쓰기 좋은 간결체 문장

1) 간결체 문장이 좋은 이유

인간은 적당한 길이와 시간에만 흥미를 유지한다는 연구결과가 있다. 아무리 세련되고 잘 쓴 문장이라도 문장 자체가 너무 길면 글의 내용을 제대로 파악하지 못하게 되고, 또 흥미를 잃게 된다는 것이다.

가독성이 높은 글을 쓰기 위한 비결 중 첫번째는 간결체 문장 구사이다. 문장 자체가 짧고 간단해야 이해가 빠르다. 글쓴이가 무엇을 말하려고 하는지가 금방 이해된다. 간결체 문장은 비단 인터넷뿐만 아니라 일반 글에서도 가독성을 높이기 위한 우선 조건이 된다. 글이 길어지면, 가독성을 잃을 뿐 아니라 문장 자체가 복잡

해질 위험성이 높아져 문장 구사 자체가 어려워진다. 역으로 말하면 간결한 문장을 구사하게 되면, 글을 바르게 쓰게 될 뿐만 아니라 이해도가 높은 문장을 구사할 수 있게 된다는 것이다.

2) 간결체 문장 쓰는 법

간결체 문장 구사는 결코 어려운 일이 아니다. 조금만 훈련하면 금새 터득할 수 있다. 간결체 문장 구사를 위해 주의해야 할 일은 한꺼번에 너무 많은 말을 하지 말라는 것이다.

한 문장에 한 가지 사실을 이야기하고, 장황하게 보태지 말며, 미사여구를 늘어놓지 않겠다는 생각으로 글을 쓰면 훨씬 간결한 문장이 된다. 다음 내용을 통해 간결체 문장을 쓰는 방법을 익혀 보자.

● 단문 위주의 글을 쓰도록 한다.

글에는 단문과 복문이 있다. 단문 위주의 글을 쓰면 자연히 간결한 문장이 구사된다. 절과 구를 쓰게 되더라도 되도록 짧게 쓰도록 노력하는 것도 좋은 방법이다.

(나는) 얼마 전까지 직장을 다니다가 일신상의 문제로 인하여 퇴사한 후 약 2개월간 쉬면서 "과연 내가 무엇을 해야 할 것인가?"에 대해 많은 생각을 하였습니다.

> 평균 문장 길이가 40~50자를 넘지 말아야 간결한 문장이다. 미국의
> 일부 통신사에서는 기사의 평균 문장 길이를 20자가 넘지 않도록 요구하
> 고 있고 이웃 일본에서도 보통 40~50자를 적절한 문장 길이로 보고 있
> 다. 한글 문장의 경우도 40~50자 정도를 넘지 말아야 간결한 문장으로
> 볼 수 있다.

복문의 연속으로 이루어진 만연체 문장이다. 사실 이 문장은 간결체로 옮기기가 어렵다. 다음 문장 역시 복문이지만 위의 문장보다 간결해 옮겨본다.

(나는) 얼마 전까지 직장을 다니다가 일신상의 문제로 퇴사했다. 그 후 약 2개월간 쉬면서 "과연 내가 무엇을 해야 할 것인가?"에 대해 많은 생각을 했다.

● 쓸데없는 수식어는 피한다.

미사여구가 많은 화려한 글이 좋은 글이라고 여기는 사람들이 많다. 절대 그렇지 않다. 이들 수식어들은 꼭 있어야 할 것도 있지만 그 뜻에는 별 차이가 없고 부풀리기만 하는 단어도 많다. 이럴 땐 수식어를 과감하게 없애는 것이 간결한 문장을 구사하는 지름길이다.

① TV 앞에 앉은 우리들의 눈을 동그랗게 만든 화려한 마술의 주인공이다.

6강 계속 읽게 하는 본문 쓰기

② 안씨가 이 클럽을 강력하게 추천하는 이유는 독특한 장르의 음악을 많이 들을 수 있기 때문이라고 말한다.

　①의 '화려한'이나 ②의 '강력하게'는 없어도 문장 이해에 별 무리가 없다.

● 한 문장에서는 한 가지 사실만 알려준다.

　대부분의 사람들은 한 문장에 모든 것을 넣으려고 하는 경향이 있다. 그렇게 되면 자연적으로 문장이 길어진다. 뿐만 아니라 주어와 서술어의 관계가 흐트러지고 수식어와 피수식어의 관계가 맞지 않게 되어 꼬인 문장이 된다.

　다음 예시글을 통해 차근차근 한 가지만 풀어 가는 문장 구사를 익혀 보자.

① 지금 내 옆에는 올해 초부터 매주 구입해서 보고 있는 영화주간지 ≪씨네21≫ 잡지들이 쌓여 있고 고등학교 시절 입시라는 지옥에서 약간의 여유를 갖게 해준 내가 본 영화들의 팸플릿이 10여 장이 놓여 있다.

② 시화전 때 연못을 만들기 위해 정말 많은 고생을 했다. 벽돌을 쌓기 위해 1층에서부터 그 무거운 벽돌을 끙끙대며 짊어지고 올라오기를 수십 차례 거듭하고, 또 물을 채워 넣기 위해 양동이에 물을 가득 담아 몇 번이나 6층과 8층을 왔다 갔다 하고, 당일 연못에서 물이 새는 바람에 다시 처음부터 시작하게 되어 축제 1부를 구경하던 1학년 동생들을 모두 집합시키

는 미안한 일들도 있었고…… 정말 시화전에 연못을 또 다시 만들자고 하면 정말 고개를 절레절레 흔들 것이다.

①, ② 모두 한꺼번에 모든 이야기를 하려다 보니 간결하지 않은 글이 쓰여졌다. 말을 잘라 재구성했다.

① 지금 내 옆에는 영화 주간지 ≪씨네21≫과 영화 팸플릿 10여 장이 놓여 있다. ≪씨네21≫은 올해 초부터 매주 구입해 보고 있다. 영화 팸플릿은 고등학교 시절 직접 본 영화들의 팸플릿이다. 나는 그 때 그 영화들을 보면서 입시라는 지옥에서 약간의 여유를 가질 수 있었다.

② 시화전 때 연못을 만들기 위해 많은 고생을 했다. 벽돌을 쌓기 위해 1층에서부터 그 무거운 벽돌을 끙끙대며 짊어지고 올라오기를 수십 차례. 물을 채워 넣기 위해 양동이에 물을 가득 담아 몇 번씩 6층과 8층을 왔다갔다 했다. 어디 그것뿐인가? 당일 연못에서 물이 새는 바람에 다시 처음부터 시작해야만 했고…… 그래서 축제 1부를 구경하던 1학년 동생들을 모두 집합시켜야 하는 미안한 짓도 저질렀다. 또 다시 연못을 만들자고 하면 정말 고개를 절레절레 흔들 것이다.

● 쓰고자 하는 내용을 정확하게 밝힌다.

하려는 말, 알려줄 말을 정확하게 밝히면 좋은 문장이 된다. 그렇지만 많은 사람들은 하고자 하는 말을 정확하게 밝힌 간단명료한 문장은 왠지 허술한 것 같다고 여겨 장황하게 무언가를 곁들이

6강 계속 읽게 하는 본문 쓰기

고 만다. 또 많은 사람들은 뭔가 장황한 글이 잘 쓴 글로 잘못 알고는 잔뜩 문장을 부풀리고 만다. 쓰고자 하는 글의 주제와 요점을 제대로 알고 서술하는 훈련을 쌓는 것이 정확한 문장을 쓰는 비결이다.

이 동네에서 인터넷에 특정 분야를 소개하여 국민 보건 향상에 기여하는 것으로 알려진 의사로는 눈·코 성형 분야의 ○○○(○○○성형외과) 원장과 모발 이식 분야를 소개하여 대머리를 확실하게 치료하는 △△△(△△△성형외과) 원장, 현대인의 고민인 비만증을 초음파를 이용하여 제거하는 한편 수술 전후의 피부 관리에까지 신경을 쓰는 □□□(□□□성형외과) 원장, 피부과 분야의 ◎◎◎ 원장과 안과 분야의 ◇◇◇ 원장이 있다.

제시한 글은 모 건강 웹진 속의 기사이다. 우선 간결체 쓰기에 위배된다. 한 문장이 너무 길다. 또 간결체 쓰기와는 관계없지만 취재원에게 객관적이고 공평해야 한다는 기사 쓰기의 원칙에도 위배된다. ○○○, △△△, □□□, ◎◎◎, ◇◇◇ 원장의 소개가 균형에 맞지 않는다는 뜻이다.

앞뒤가 맞지 않는 장황한 표현도 거슬린다. 인터넷에 소개하는 것이나 눈·코 성형 및 모발 이식이 국민 보건 향상에 기여하는 것은 아니다. 또 비만증만이 현대인의 고민은 아니다. 이와 같은 표현은 지나치게 포장하려고 해서 생기는 것이다. 있는 그대로 표현하는 것이 좋다. 고치면 다음과 같다.

이 동네에는 인터넷에 소개된 병원이 여러 곳이 있다. 눈·코 성형 전문 ○○○성형외과(○○○ 원장), 제모 이식 수술로 대머리 고민을 해소시키는 △△△성형외과(△△△ 원장). 지방 흡입술 전문 □□□성형외과(□□□ 원장), 각종 피부 트러블을 치료하는 ◎◎◎의원(◎◎◎ 원장)과 라식 수술로 유명한 ◇◇◇의원(◇◇◇ 원장)이 그곳.

좀 더 병원에 대해 설명하려면 뒤이어 "○○○성형외과는……, △△△성형외과는……"이 올 수 있다.

> 간결체를 강조한다고 해서 무조건 짧은 것이 좋다고 말할 수는 없다. 문장의 성격이나 분위기에 따라서는 긴 문장이 적합할 수도 있다.
> 요즘 전철역의 공중 화장실에 가면 "아름다운 사람은 머문 자리도 아름답습니다."라는 문구를 읽을 수 있다. 만약 이것을 짧게 쓴다고 "깨끗하게 사용하시오!"한다면 재미없고 호소력 약한 글구가 될 것이다.
> 또 80쪽의 글을 단문으로 구성한다고 다음과 같이 쓴다고 하자.
>
> 얼마 전까지 직장에 다녔다. 일신상의 문제로 퇴사했다. 2개월간 쉬었다. "과연 내가 무엇을 할 것인가?"를 많이 생각했다.
>
> 문장 하나하나는 이해하기 쉬우나 일련의 문장들이 자연스럽게 연결되지 않아 재미없는 글이 되고 말았다. 자연스러운 문장구사를 위해서는 적당한 길이의 복문도 필요하다.

2. 수동태 문장 대신 능동태 문장으로

주어나 목적어가 어떤 동작의 대상이 되어 그 작용을 받는 형태의 문장이 수동태 문장이다. 수동태 문장은 능동태 문장에 비해 소극적이며, 글의 흐름이 자연스럽지 못하다. 대체적으로 표현 전달이 어려워 이해하기도 어렵다.

물론 때에 따라서는 수동태 문장이어야 할 때가 있다. 그런 경우를 제외하고는 수동태 문장 대신 능동태 문장으로 글을 쓰자. 읽는 사람은 물론 쓰는 사람에게도 능동태 문장이 좋다. 이해가 빠를 뿐 아니라 글의 호응 관계도 분명해져 글쓰기가 쉬워진다.

수동태 문장은 인터넷 글쓰기뿐만 아니라 신문, 잡지, 방송, 논설문 등 기타 모든 글을 쓸 때에도 되도록이면 피하도록 한다.

① 방에 숨어 있던 남자가 결국 형사에게 잡히고 말았다.

② 도둑이 순경에게 잡혔다.

③ 마당의 잔디가 아이들에게 뜯기었다.

④ 나는 수갑이 채워진 그 남자의 손목을 바라보았다.

①, ②, ③은 주어가 어떤 동작(서술어)의 작용을 받고 있는 수동태 문장이다. 능동태 문장으로 고치면 다음과 같다.

① 결국 형사가 방에 숨어 있던 남자를 잡고 말았다.

능동태와 수동태

● 능동사(能動詞) : 주어가 되는 주체가 목적을 행하는 동작을 나타내는 동사. 제 힘 움직씨.

● 능동태(能動態) : 문장의 주어가 어떤 동작을 하는 관계를 나타내는 형태.

● 피동사(被動詞) : 본래 목적어의 지위에 있어야 할 말이 주어가 되어서, 그 앞의 주어로부터 받는 동작을 나타내는(=수동태) 동사.

피동사는 흔히 능동사에 '이', '히', '리', '기'가 붙어서 된다. '보다', '먹다', '열다', '안다'는 능동사이며 '보이다', '넓히다', '열리다', '안기다'는 피동사이다.

나는 문을 열었다.(능동태)
문이 열렸다.(수동태)

② 순경이 도둑을 잡았다.
③ 아이들이 마당의 잔디를 뜯었다.

④는 목적어가 어떤 동작(서술어)의 대상이 되어 그 작용을 받고 있는 수동태 문장이다. 능동태 문장으로 고치면 다음과 같다.

④ 나는 수갑을 찬 그 남자의 손목을 바라보았다.

위의 문장들에서 알 수 있듯이 능동태 문장이 수동태 문장보다 이해가 훨씬 빠르다. 그렇지만 무조건 능동태 문장으로만 서술하

6강　계속 읽게 하는 본문 쓰기

라는 이야기는 아니다.

문학 작품에서, 혹은 문학 작품이 아니더라도 수동태 문장으로 서술해야 맥락상 어울릴 때도 있다. 이럴 때를 제외하고는 능동태 문장으로 서술하도록 한다. 사실 위의 ④에서 '수갑을 찬'보다는 수동태인 '수갑이 채워진'이 더 어울린다.

3. 애매모호한 단어 사용과 문장 표현은 금물

글을 쓸 때 흔히 저지르기 쉬운 일이 바로 그릇된 단어 사용과 잘못된 문장 표현이다. 무언가 그럴 듯하게 써야 하는데 명쾌하게 서술되지 않자 "어떻게 되겠지" 하는 심정으로 글을 써 나타나는 일이다.

사실 글 쓰는 사람이 제대로 쓰지 못하면 읽는 사람은 이해할 수 없다. 글 쓰는 사람이 "어떻게 되겠지"라는 심정으로 글을 쓴다면 읽는 사람은 낭패를 당하고 만다. 글을 명쾌하게 쓰더라도 읽는 사람이 제대로 이해하지 못할 수도 있는데 쓰기부터 엉망이라면 결과는 불 보듯 뻔하다.

1) 일물일어의 원칙

읽는 사람이 제대로 이해하는 글을 쓰려면 단어 사용은 물론 문장 표현도 정확해야 한다. 언어에는 일물일어(一物一語)의 원칙이 있다. 그 자리에 들어갈 단어는 유일하다는 뜻이다.

이 단어도 좋고, 저 단어도 된다는 생각으로 글을 쓰지는 말자. 과연 이 자리에 이 단어가 적합한지를 신중하게 생각하면서 글을 써야 할 것이다. 바른 한국어 쓰기에 앞장서고 있는 방송인 정재환 씨가 "외국어는 정확하게 골라 쓰면서 왜 한국어 단어 선택은 대강하는지 모르겠다!"고 개탄한 적이 있다.

영어뿐 아니라 우리말을 쓸 때도 어휘 선택을 신중하게 해야 한다. 의미상 잘못 사용된 것은 아닌지, 자신이 뜻한 바가 분명하게 드러나는지를 신중하게 생각한 후에 올바른 어휘를 선택한다.

이 학원은 다른 곳과 틀린 생각을 가진 '웹 레이아웃'이라는 개념을 가르치더군요.

'틀린 생각'이라는 단순한 단어를 갖다 붙여서는 곤란하다. 다른 점을 정확하게 표현한 단어를 선택해야 한다. '진일보된'이라든지 '다른 개념', '다른 차원'도 좋다.

2) 정확한 문장 서술

문장 서술도 마찬가지다. 내키는 대로 대강 쓸 게 아니라 이 문장이 내가 표현하고자 한 뜻을 제대로 표현하고 있는지를 생각하

면서 써야 할 것이다. 글이란 요령을 부리는 것이 아니고, 아름답
게 꾸미는 것도 아니다. 내가 표현하고자 하는 바가 제대로 전달되
도록 썼는가가 가장 중요한 것이다.

① 25세 직장인 안○○(경기 광명)씨. 입사 후 몇 개월 만에 불어난 몸무게
때문에 스트레스가 이만저만이 아니었다. 헬스, 스쿼시, 검도 등 안 해본
운동이 없다는 그녀는 "가뜩이나 날씨가 더워 낮에도 땀이 흥건히 고이는
데, 운동은 엄두도 안 난다"며 한동안 운동을 포기했다고 한다
그러다 주위의 소개로 시작한 것이 애쿼로빅스. 운동도 하고 더위도 식히
는 1석 2조의 애쿼로빅스로 요즘 그녀의 생활은 황홀경 그 자체라고 자랑
이다.
② '야인 시대' 극중 인물 중 김두한과 더불어 가장 협객다운 협객을 뽑으라
면 혼마찌패의 오야붕인 하야시일 것이다. 하야시는 장충당 대혈전에서의
부하 가미소리의 비겁한 작전을 용서 못하고 뒤늦게 알고 나서 혼마찌를 김
두한에게 돌려주면서까지 정정당당한 사무라이 정신을 보여주는데 사실 하
야시는 선우영빈이라는 이름의 한국인이었다.
그는 어릴 때 일본에 건너가 건설 일을 하다가 야쿠자랑 연관된 건설업에
손을 대게 되고 나중에 일본 여자와 결혼하여 일본인으로 살아왔다. 하야
시는 당시 총독부 관리를 만나 민족의 반역자로서 본인의 전철을 김두한이
밟지 않기를 바란다고 말했다고 알려진다.
본인이 일본인의 길을 걸으면서도 한번도 사무라이 정신에 어긋나지 않는
피를 흘리지 않는 타협을 중시하는 하야시. 아마도 우리는 '야인 시대'에서
그의 한국인으로서의 눈빛 연기를 지켜봐야 할 것이다.

2부 인터넷에서 글 잘 쓰는 비법

① 밑줄 친 '가뜩이나 날씨가 더워 낮에도 땀이 흥건히 고이는데'는 정확한 표현이 아니다. 날씨가 더운 때의 낮이 더 더운 것은 당연한 이치다. 이럴 땐 '날씨가 더워 가만히 있어도 땀이 흥건히 고이는데'가 좋다.

② 문장의 많은 부분에서 잘못된 표현을 발견할 수 있다. 다음과 같이 고쳐 본다.

드라마 '야인시대'의 인물 중 김두한과 더불어 협객다운 협객을 뽑으라면 혼마찌패의 오야붕인 하야시가 선택될 것이다. 하야시는 '장충당 대혈전' 당시 부하 가미소리의 비겁한 작전을 뒤늦게 알고 난 후, 사죄의 뜻으로 김두한에게 혼마찌를 돌려주는 정정당당한 사무라이 정신을 보여준다.
하야시는 일본인으로 알려졌지만 선우영빈이라는 이름의 한국인이다. 그는 어릴 때 일본에 건너가 건설 일을 하다가 야쿠자와 연관된 건설업에 손을 대게 되고 나중에 일본 여자와 결혼하여 일본인으로 살아왔다.
일본인의 길을 택해 살면서 한번도 사무라이 정신에 어긋나지 않았던 하야시는 피를 흘리기보다는 타협을 중시했다. 우리는 '야인 시대'에서 그의 눈빛 연기를 지켜봐야 할 것이다.

4. 단어와 문장은 쉽게

어렵게 쓴 글을 잘 쓴 글로 잘못 인식하는 사람들이 많다. 단언

6강   계속 읽게 하는 본문 쓰기

하건대 잘 쓴 글은 쉬운 단어로 쉽게 글을 풀어가면서도 글쓴이가 알리려고 하는 바를 제대로 전달한 글이다.

여러분이 매일 대하는 신문은 독자의 독해 능력을 중학교 2학년 수준으로 놓고, 그들이 이해할 수 있는 수준으로 글을 쓴다. 방송의 경우는 신문보다 낮춰 초등학교 5～6학년 수준으로 잡는다. 방송은 활자와는 달리 말하는 순간 사라지기 때문이다. 즉 듣는 것으로 이해해야 하므로 쉬운 단어와 문장이 적합하다.

인터넷은 방송과 신문의 중간 정도가 적당할 것으로 여겨진다. 물론 모든 사이트가 그렇다는 것은 아니다. 일반적으로 그렇다는 것이다. 때에 따라서는 수준이 더 높을 수도, 더 낮을 수도 있다. 고학력의 일부 집단을 상대한다면 수준이 더 높아야 할 것이고, 유아나 초등학교 저학년을 상대한다면 수준은 내려갈 것이다.

단어와 문장을 쉽게 쓰려면 되도록 어려운 한자어는 쓰지 말아야 한다. ‘학교’나 ‘식당’처럼 이미 우리나라 말처럼 일상에서 사용하는 단어는 제외된다. 사전을 찾아봐야 그 뜻을 알 수 있는, 또 자주 사용하지 않는 문어체 스타일의 한자어를 사용하면 어려운 문장이 되고 만다. 우리나라 말로 대체가 가능하다면 그렇게 하는 것이 바람직하다.

글을 쓰다가 일반인들이 이해하기 어려운 전문 용어나 신조어가 나온다면 별도로 설명해주는 친절함이 필요하다. 그 단어가 처음 등장하는 부분에 설명하는 것이 좋다. 따로 별도로 빼놓고 설명한다든가, 링크를 걸어 설명해도 좋다.

문장을 쉽게 풀어 나가려면 비약도 곤란하다. 많은 사람들이 비약을 저질러 읽는 사람으로 하여금 "왜 갑자기 이 말이 나왔나?" 하는 의문을 갖게 만든다.

비약하지 말라고 해서 행동 하나 하나를 구차하게 설명하라는 의미는 아니다. 이해할 수 없는 비약을 저지르지 말아야 한다는 뜻이다.

① 살사는 보기만큼이나 동작이 크고 격렬한 춤이에요. 골반을 좌우로 흔들고 회전을 하다 보면 몸에 붙은 군살들이 남아날 틈이 없죠?

② 새로운 세대가 생겼다. L세대(Luxury-Generation: 명품 세대)가 등장했다. X세대부터 M세대까지는 시간의 흐름에 따라 분류한 것인데 비해 L세대는 그들의 생활 수준의 차이에서 나눈 것이 특이하다. 즉 L세대는 럭셔리(Luxury)라는 단어에서 알 수 있듯이 명품 쇼핑은 기본이요, 머릿속까지 귀족 의식으로 가득 찬 20대 초·중반의 젊은 세대를 가리킨다. 30~40대가 아닌 20대 여대생에게서 번지고 있는 L세대. L세대는 청담동이 거점인 30대 전문직으로 구성된 명품에 죽고 사는 기존의 명품족과는 차이가 있다. 기존의 명품족들은 '명품계'라는 모임을 만들어 한 달에 20~30만 원씩을 모으기도 하고 명품 관광을 위한 해외 여행을 떠나기도 한다.
나로선 귀가 솔깃한 얘기지만 우리 엄마에게 욕을 바가지로 들을 일들이었다. 그래도 여자라면 해외 유명 브랜드 소품들은 하나씩 가지고 있을 것이다. 나도 그것 하나를 사기 위해 한동안 잠을 설친 적이 있었다. 그래서 나는 이제까지 여기저기서 주워들은 명품 구별법, 명품 구입처 등을 알고 있다.

① 한자어 남용은 글을 어렵게, 문장을 부자연스럽게 만든다. '골반'은 '엉덩이'로 고치는 게 좋다. '회전을 하다 보면'도 '돌리다 보면'으로 고칠 필요가 있다. '남아날'은 88쪽의 정확한 단어 쓰기 원칙에 위배되는 것으로 애매모호한 문장 표현이다. '붙어 있을'로 고치는 게 좋다.

② L세대(Luxury-Generation: 명품 세대)라고 제대로 설명한 것은 잘한 일이다. 영어 약자인 경우, 이처럼 풀어서 쓰고, 이어 해석을 달아주는 것이 필요하다.

'30~40대가 아닌 20대 여대생에게서 번지고 있는 L세대'에서는 비약이 나타났다. 갑자기 '30~40대가 아닌'이라는 말이 왜 나왔을까? 이 말이 나오기 위해서는 L세대와 비교하는 이유가 먼저 설명되어야 한다.

30~40대가 돈을 많이 만지거나 소비가 가장 빈번한 세대라는 말이 나와야 한다. 하여튼 이 부분에서는 30~40대가 거론된 이유를 알 수 없다. '나로선'에도 비약이 나타났다. '나로선' 앞에는 '명품을 좋아하는' 정도의 말이 들어가야 자연스럽다.

5. 생동감 있고 신선한 문장 구사

활자는 소리에 비해 이해 속도가 늦다. 말로 하면 쉽게 알아차리는 것도 활자를 통하면 어려워지는 것도 이 때문이다. 활자를 통하면 이해 속도 못지 않게 생생함도 떨어진다. 분위기나 이미지를 표현하는 데 한계가 있다.

생동감 있고 신선한 문장을 구사하게 되면 일반적인 문장에 비해 이해 속도가 빨라지고 분위기나 이미지 전달에도 효과가 있다. 생동감 있고 신선한 문장 구사는 문장을 빠르고 생생하게 인식시키는 마법을 갖는다고 할 수 있다.

또 같은 스타일의 문장을 읽음으로써 생기는 지루함을 해소하는 데도 이러한 문장은 한몫 한다. 항상 같은 스타일로만 글을 쓰지 말고 가끔 변화를 줌으로써 네티즌의 눈길을 붙들어 매는 것이다. 이때 필요한 것이 생동감 있고 신선한 문장이다.

그렇지만 생동감 있고 신선한 문장이 무조건 효과적인 것은 아니다. 주요 네티즌이 누구인가에 따라, 콘텐츠 내용에 따라 달라진다. 여기서 가장 중요한 것은 네티즌의 성향이다.

10대 혹은 20대를 대상으로 한 소프트한 콘텐츠라면 일반적인 글쓰기에서 많은 변화를 가져와도 된다. 반면 40대 이상을 대상으로 한 다소 진지한 홈페이지라면 많은 변화는 오히려 우를 범할 수도 있다.

10대나 20대를 대상으로 한 소프트한 콘텐츠의 경우 이모티콘이나 '방가(반가워요)', '강추(강력 추천)' 등의 인터넷 용어, '따로 또 같이(때론 따로, 때론 함께)' 등의 신조어를 사용하면 효과를 얻을 수 있다.

이해도를 좀더 높이고 스타일에 변화를 주려고 생동감 있고 신선한 글쓰기를 했다지만 변화만 거듭해 중구난방으로 흐른다면 신뢰할 수 없는 홈페이지로 오해받게 된다. 변화에 변화를 하더라도 '기본은 지키면서, 변화시켜도 될 콘텐츠에 대해서만 변신을 시도하는 것이 좋다'는 점을 명심하자. 앞에서도 설명했지만 변신을 시도할 때는 네티즌의 성향과 홈페이지의 특성을 고려해서 그 수위를 조절해야 한다. 이모티콘이나 인터넷 용어, 신조어 사용도 마찬가지다.

〈자기 소개서를 독특한 방법으로 쓴 예〉
저 사람 알아요?
저 친구요. 이름은 원다운. 특이하죠? 아버님께서 지어 주셨대요. 한글로 풀이하면 '~다운' 사람이 되어라. 인간다운 사람, 남자다운 사람이 되라는 뜻이겠죠.
한자는 많은 다(多)에 밭갈 운(耘)인데, 직역하면 '밭을 많이 갈다.'가 되겠죠. 성실하고 부지런한 사람이 되길 바라는 마음에서 그런 한자를 선택하셨답니다.
성격은 한마디로 내성적이죠. 여성적인 성격이라고 할 수 있는데 감성적이고 섬세한 면이 많아요.
그런 성격 탓일까요? 그의 취미는 글쓰기, 책읽기, 영화보기, 음악듣기랍니다. 아, 컴퓨터를 접한 후에는 취미 목록에 인터넷 서핑도 추가되었대요.
그리고 이것까지 말할 필요가 있나 싶은데 말 나온 김에 말할게요. 언젠가 그 친구에게 물어 봤어요.
"넌 꿈이 뭐냐?"

그 질문에 그는 간단히 답하더군요.

"내가 하고 싶은 일 하고 사는 것."

그리고 한 마디 덧붙이더군요.

"사랑하고 꿈꾸며 사는 것."

너무 간단하고 추상적이라고 말했지만, 그는 꿈이란 게 원래 그런 거라고 했어요. 구체적이고 현실적이 되면 그건 꿈이 아니라 계획이라나. 몽상가적 기질에 엉뚱한 면도 있지만 그 친구, 괜찮은 친구예요.

(평화아카데미 웹 레이아웃매니저 과정 1기 원다운 씀)

6. 객관성을 갖춰라

어떤 글이든 남에게 보여지는 글을 쓸 때는 객관성을 갖도록 노력해야 한다. 인터넷에 올려지는 글은 특정한 사람이 보는 것이 아니라 불특정 다수가 보는 것이다. 자신의 주관적인 의견이 다른 사람에게 어떻게 파급될지는 알 수 없다. 어떤 사안들은 일파만파로 퍼져 나가 걷잡을 수 없게 된다.

더욱이 특정한 사람에 관한 이야기를 쓸 때는 객관성 유지가 절대 필요하다. 객관성을 잃게 되면 잘못될 경우 인신공격이 되어 버린다. 모델 H양이 자신의 홈페이지 게시판에 쓴 동료 연예인의 사생활 이야기도 이와 유사한 경우이다. 그녀는 가벼운 마음으로 마음속 이야기를 쓴 것이지만 읽은 사람들의 눈과 입을 통해 순식간에 번져 '추문'이 됐다. 물론 그 당사자들은 곤욕을 치를 수밖에 없었고, 글쓴이도 부랴부랴 글을 지우고, 그들에게 사과의 말을 전해야 했다.

신문 지상에 크게 알려지지 않았지만 사생활을 인터넷에 올려 명예훼손죄 등의 사이버 범죄를 저질러 곤욕을 치른 예는 많다. 모두 객관성을 잃고 주관적인 관점에서 글을 썼기 때문이다.

그렇다고 모든 글에 주관성을 배제할 수는 없다. 개개인의 뜻을 묻는 게시판의 글에는 주관이 들어가지 않을 수가 없다. 상당히 어려운 말이지만 이럴 때는 주관의 객관화를 유지해야 한다. 주관적인 견해를 묻더라도 인신 공격성 발언, 고의적인 발언, 확인 절차를 거치지 않은 심증적이거나 소문성이 짙은 발언, 나쁜 결과를 유도하려는 발언은 자제해야 한다는 것이다.

7. 권위적인 말투를 버려라

권위적인 말투의 대명사는 행정 문서나 법률 용어의 경우이다. 법률 용어나 행정 문서는 곧잘 접하게 되는데, 얼마나 폼을 잡고 글 속에 힘이 들어가 있는지 딱딱하기 그지없다.

아무리 존칭어를 쓰고 '감사드립니다' 등의 용어를 사용하고 있지만 이런 글은 상대방에게 거부감을 준다. 또 너무 폼을 잡다 보니 뜻이 제대로 전달되지 못하는 경우가 허다하다. 권위적인 말투로는 '～하시오', '～말 것', '～할 것', 이행, 강제 부과, 고발 조치 등이 있을 것이다. 비교적 권위적인 말투에는 고답적인 한자어가 포함되는데 권위적인 말투에서 벗어나려면 우리말로 충분히 대체되는 것은 한자어 대신 우리말로 쓰도록 한다.

〈권위적인 말투의 예〉

● 평소 시정 발전을 위하여 협조하여 주시는 귀하께 감사드립니다.

● 귀하께서 사용하고 있는(소유하고 있는) ○○구 △△동 □□ 5단지 상가에서 불법으로 공유 면적을 천막, 파이프 등을 설치 사용하고 있는 행위는 주택 건설 촉진법 제38조 제2항을 위반한 사항이므로 건축법 제69조 제1항의 규정에 의거 위반 건축물에 대하여 2003년 모 월 모 일까지 자진 원상 복구 지시하오니 이행하시어 그 결과를 증빙 자료(사진 등)를 첨부하여 제출해 주시기 바라며, 만일 위 기일까지 원상 복구하지 않을 시에는 위법 건축물의 소유자 및 행위자에게 관련법의 규정에 의거 이행 강제금 부과 및 고발 조치됨을 알려 드리니 소유자께서는 세입자에게 상가 임대 계약을 준수토록 통보하여 신분·재산상의 불이익을 받지 않도록 이행에 만전을 기해 주시기 바랍니다. 끝.

6강 계속 읽게 하는 본문 쓰기

7강 이해력을 높이는 새로운 스타일

1. 중간 제목의 적극적인 활용

1) 중간 제목이란?

중간 제목이란 본문 사이에 있는 소제목들을 말한다. 중간 제목은 본문 글의 이해를 돕기 위해서 두며, 본문 글이 짧을 때는 중간 제목이 필요하지 않다.

원래 중간 제목은 오프 라인에서 보통 원고지 6~8매 정도의 글에 하나 정도 등장시키곤 했다. 그렇지만 요즘은 중간 제목을 좀 더 자주 등장시키는 추세다. 대개 글이 다른 주제로 넘어갈 때 중간 제목을 단다. 중간 제목은 글의 주제가 달라질 때, 혹은 다르지 않더라도 길어질 때 사용되며 글의 지루함을 막고 본문의 이해도를 높이는 데 도움이 된다. 즉 중간 제목을 적절히 등장시키면 가독성을 높일 수 있다.

여름철 인기 헤어스타일 8선

〈깔끔해요! 스포티한 업스타일〉

머리카락을 뒤로 넘겨 목덜미가 드러나도록 올리는 스타일. 어느 정도 머리가 길어야 하며, 목덜미가 아름다운 사람이면 해볼 만하다. 머리가 약간 짧아 흘러나오는 머리카락이 있을 경우 실핀 등으로 주변을 고정할 수 있다. 큰 핀으로 머리를 고정하여 올릴 수 있고, 영화 '신라의 달밤'에서의 김혜수처럼 나무 막대기나 비녀 등을 이용해 머리를 올려도 된다.

〈단정해요! 다양한 묶는 스타일〉

연출하기 쉽고, 어떤 의상에도 잘 어울리는 헤어스타일. 봄, 여름, 가을, 겨울 어느 계절에도 적합하다. 집게핀이나 큰 핀으로 묶어도 좋고, 머리끈이나 곱창밴드로 고정시켜도 된다. 묶는 방법 역시 위로 바짝 치켜 묶을 수 있고 자연스럽게 묶어도 좋다.

〈시원해요! 귀여운 커트스타일〉

영화배우 할 베리를 연상시키는 커트스타일은 여름철에 가장 많이 볼 수 있는 스타일. 퍼머한 후 자를 수 있고, 생머리를 그대로 자를 수 있다. 두 스타일의 분위기는 다르다. 자르는 정도는 아주 짧게, 혹은 자연스런 길이의 커트스타일도 있다. 커트스타일은 얼굴을 작게 보이게 만든다는 이점이 있고, 또 머리를 감은 후 관리가 편해 각광을 받는다.

머리를 늘어뜨렸다면 덥게만 느껴질지 모르지만 강한 파마 머리는 생각보다 시원하다. 머리카락 사이가 떠서 바람이 숭숭 들어오기도.. 특히 머리숱이 없는 사람은 단정하게 묶거나 업스타일로 올리기보다는 파마 머리를 늘어뜨리는 것이 보기 좋다. 간단하게 묶어도 좋을 듯.

2) 중간 제목 만드는 법

중간 제목은 제목(3강 참조)과 마찬가지로 본문을 읽게 만드는 마력이 있어야 한다. 중간 제목은 제목과 마찬가지 방법으로 만든다. 즉 중간 제목은 제목과 같은 개념이다. 다음 내용은 주의할 점이다.

● 중간 제목에는 제목과 마찬가지로 마침표를 붙이지 않는다.

물음표(?), 느낌표(!) 혹은 말줄임표(……) 등은 사용할 수 있으나 종지형의 마침표(.)는 사용할 수 없다.

● 둘 이상일 때는 같은 유형으로 통일되도록 한다.

즉 명사로 끝이 나면 똑같이 명사로 끝이 나고, 물음표로 끝이 나면 물음표로 끝이 나는 것이 완성도 면에서 좋다. 또 큰따옴표를 동반한 대화체형일 경우에도 마찬가지다. 102쪽의 예는 모두 느낌표를 포함한 감탄형 단어와 '~스타일'로 되어 있어 잘 쓴 중간 제목이 된다.

통일하기는 형태뿐 아니라 줄 수에서도 마찬가지다. 2줄이면 똑

7강   이해력을 높이는 새로운 스타일

같이 2줄로, 1줄이면 1줄로 통일하도록 한다. 그렇지만 중간 제목이 4개 이상일 때는 2개씩 묶어 통일하든지, 엇갈려서 통일하는 방법도 가능하다.

즉 첫 번째와 두 번째, 세 번째와 네 번째가 같은 꼴이 되든지 혹은 첫 번째와 세 번째, 두 번째와 네 번째가 같은 꼴이 되는 것이 좋다.

① **늘 친구 같은 스타 김선아**

② 한동안 영화 촬영 외에는 매체 촬영을 접었던 그녀. 요즘 어떻게 지내고 있는지 화보 촬영 현장에서 만난 김선아를 영상에 담아봤다.

③ 〈요즘 선아는〉
얼마 전 영화 '예스터데이' 작업을 끝내고, 휴식기도 없이 다시 영화 '몽정기' 촬영 중!
"영화 촬영 준비로 잠수 훈련받고 있구요. 몸 관리도 하고 있죠. 라인업을 위해 열심히 노력하고 있는데, 좀 빠진 것 같나요? 우후~."
(예스터데이 작업 시기부터 지금까지 매일 4시간 이상 하드 트레이닝을 하는 등 선아 씨는 체력 단련을 위해 열심이다.)

④ 〈몽정기에서 선아는 어떤 역할〉
잠깐. 여기서 '예스터데이'에서의 김선아 캐릭터 보기
메이 : (역할을 설명하는 글이 들어감)

그리고 지금까지 제가 맡아보지 못했던 풋풋한(!) 교생 선생님 역할을 맡
게 됐어요.
"묘하게 흥분되네요. 스스로 이런 말하면 뭣하지만 귀여운 캐릭터랍니
다.^^*"

⑤ 〈선아가 전하는 영화 맛보기〉
"제가 이범수씨를 여고 시절부터 짝사랑해서 그 분이 계신 학교 교생 선생
님으로 들어가게 되죠. 그리고 제가 들어간 남자 중학교의 학생들은 또 저
를 보고 뿅!"
잠깐! 선생님을 짝사랑한 적이 있나요?

⑥ 〈선아에 대한 고정 관념 깨기〉
선아는 터프하다?! → 저도 알고 보면 여성스럽답니다!
"저 아기자기해요. 그렇다고 애교를 잘 부리는 건 아니지만, 십자수를 한다
든가……생활 속에선 매우 꼼꼼하죠. 예전에 고등학교 때 피아노를 친 적
이 있어요(대학에서도 피아노를 전공한 선아^^). 사람들이 다 놀라더군요. '어
쩜 저렇게 안 어울리는 행동을 할 수 있을까?'하고~. 또 겁도 많아서 놀이
공원도 잘 못 가는데, 제가 바이킹 타고 '어머~' 소리 지르면 사람들이 뭐
라고 생각하겠어요? 솔직히 너무 무서운데, 사람들이 의아해 할까 봐 못
가겠다니까요."

⑦ 〈겁쟁이 선아, 액션 연기 어떻게 했을까〉
"저도 그런 제가 이해가 안 되요. '예스터데이' 촬영 때 겁은 나지만, 총 쏘

7강 이해력을 높이는 새로운 스타일

105

는 것에 대한 호기심이 발동해서 할 수 있었구요. 제가 유일하게 겁내지 않
는 부분이 운전하는 거라서 차 액션은 대역 없이 직접 했죠. 사람들이 '뒷
모습만 나오는데, 뭣 하러?' 라고 했지만, 전 너무너무 재미있었답니다."

⑧ 〈선아가 즐기는 CF, 코믹 CF vs 로맨틱 CF〉
"저도 여자인데 아무래도 화장품 CF 찍을 때가 더 기분 좋죠. 일할 때는
주변 환경에 따라 기분이 달라지기 마련이잖아요. 그래서 화장품 CF를 하
면 우아하기도 하고, 기분이 좋아지죠. 그리고 식품류의 CF는 재미있긴
한데, 진짜 힘들어요.^^;;"
(그래도 여전히 피자는 좋아한답니다. ㅋㅋㅋ)

⑨ 〈선아의 팬 자랑〉
"침묵 속에서의 강인함이랄까~ 우리 팬들은요, 참 꿋꿋해서 힘든 일이 있
어도 잘 대처해 나가요. 그리고 저 데뷔 초기부터 지금까지 참 오래도록 유
지가 되는 것 같아요. 저를 빼고도 팬들끼리 자주 어울리고, 성격 좋은 분,
착한 분 정말 많답니다."

⑩ 〈선아의 바람〉
"한때 반짝하는 스타가 아니라, 팬과 제가 모두 하나가 돼서 오랜 친구 같
은 사람이 됐으면 좋겠어요. 그래서 만약 제가 결혼한다면 팬들이 와서 축
하해줄 수 있고, 여러분이 결혼을 할 때는 제가 가서 축하해줄 수 있는 끈
끈한 정을 나누었으면 하는 바람이 있어요~.^^ 여러분! 늘 건강하고, 공
부 열심히 하고, 부모님께 효도하는 것 잊지 말고, 가족 사랑! 알죠?

2부 인터넷에서 글 잘 쓰는 비법

I LOVE YOU ~♥"

　김선아 공식 홈페이지(http://seon.sidus.net) 글의 일부(2002년 6월 중)이다. 제목―전문―본문(중간 제목 삽입)이라는 제대로 된 글꼴을 갖춘 글이다. ①은 제목, ②는 전문, ③~⑩줄의 글은 중간 제목의 형식을 띈다. 글도 간결체로 이루어졌을 뿐 아니라 생동감 있게 쓰여져 있다. 중간 제목이 적절하게 처리되어 있어 지루하지 않게 글 전체를 모두 읽을 수 있도록 했다.

　옥의 티라면 바탕이 연한 핑크색이고 글자의 상당수도 핑크류(진한 색)여서 글이 눈에 잘 들어오지 않는다는 점(가시성, 식별성이 떨어진다)과 중간 제목 아래 글들이 통일감이 없다는 점을 들 수 있겠다. 여기서 중간 제목은 일종의 질문이다. 질문을 중간 제목화한 것이다. 그렇다면 대답은 본문이 되는데, 본문의 형태가 통일되지 않았다. ⑤와 ⑦~⑩은 김선아가 대답한 것으로 구성했다. ③과 ⑥은 중간 제목과 김선아의 대답 사이에 대답에 대한 제목이 등장한다. 이렇게 똑같은 형식이 계속될 때는 본문의 스타일이 통일되는 것이 좋다.

2. Q&A식 글쓰기

일반적인 글쓰기 형태가 아닌 질문과 대답식으로 글의 내용을 풀어 간 글쓰기 방식이다. 질문과 대답으로 이어지므로 일반적인 글쓰기보다 이슈가 정확하게 전달되고 이해가 잘 된다. Q&A식 글쓰기는 읽는 사람이 쉽게 이해하는 것은 말 할 것도 없고, 쓰는 사람도 요령만 터득하면 쉽게 써낼 수 있는 것이 장점이다. 평소 글쓰기를 겁내던 사람들도 Q&A식 글쓰기에는 쉽게 적응한다.

1) Q&A식 글쓰기의 적용

Q&A식 글쓰기는 보통 질문과 대답으로 이루어지는 인물 인터뷰 글을 쓸 경우 자주 적용되는 글쓰기이다. 보통 신문이나 잡지, 웹진이나 온라인 신문 등에서 Q&A식 기사를 볼 수 있다. 사실 인터뷰 기사라도 일반적인 기사 형태로 쓰는 것이 대부분이다. 구태여 Q&A식 기사를 쓸 때는 레이아웃상 다양성을 줘야 할 때나, 말 하나하나가 중요할 때(일반적인 기사는 기자의 펜을 통해 편집이 가능하지만 Q&A식 기사는 취재원이 말한 내용을 어느 정도 그대로 옮긴 것이라고 할 수 있다)이다. 또 직접 만났다는 것을 보여주기 위해(만나기 어려운 사람일 경우) 택하게 된다.

비단 인터뷰 기사가 아니라도 Q&A식 글쓰기를 적용할 수 있다. 알려주려는 내용을 적절하게 질문과 답으로 연결해서 글을 쓰는 형태가 그것이다. 미국의 인터넷 사이트에서는 Q&A식 글쓰기를 많이 볼 수 있다. 미국 NBC 방송국 인터넷사이트에서 각광받는 퀴즈 방식 시스템이나 라이브 채팅도 Q&A식 글쓰기의 일종이라고 할 수 있다.

2) Q&A식 글쓰기 방식

Q&A식 글쓰기라고 해도 글쓰기 원칙은 그대로 지켜져야 한다. 앞에서 설명한 것처럼 간결체 문장으로 써야 하며 적합한 구성 형식에 따라야 한다.

질문 글(Q)과 대답 글(A)은 질문과 대답을 옮긴 글이지만, 말이 글이 될 때는 '말한 그대로(구어체)'를 옮겨서는 곤란하다. 그렇다고 완전히 문어체로 바꾸라는 것은 아니다. 완전히 문어체화 된 글을 써 왔던 신문과 잡지에서도 최근에 와서는 구어체와 문어체의 경계선이 풀리고 있다.

문어체와 구어체의 경계가 어렵다 !

인터뷰 상대에 따라서, 독자가 누구냐에 따라서 글이 완전 문어체, 또는 구어체의 형태를 오간다. 예사어나 존칭어 사용도 마찬가지다. 비교적 장년 이상이 인터뷰 상대일 때는 문어체·존칭어를 사용하며, 청소년이거나 아이가 상대일 때는 예사말로 질문하고 존칭어로 대답하는 것이 원칙이다. 또 문어체보다는 문어체와 구어체의 중간 형태, 구어체로 쓴다.

질문 글이라고 해서 일상에서 주고받는 질문의 틀을 그대로 옮기면 곤란하다. 질문 속에도 글쓴이가 전달하려는 내용이 들어 있

어야 한다. 대답 글도 마찬가지다. "예" 혹은 "아니오"라고 간단하
게 대답했다고 해서 그대로 옮겨 쓰면 안 된다. 질문 글과 대답 글
은 합해져서 하나의 완성된 글이 탄생되어야 한다. 글에 내용이 들
어 있어야 하며, 메시지도 포함되어야 하는 것이다.

〈인터뷰 상황을 그대로 옮긴 잘못된 글〉
영화 '와니와 준하' 촬영 중인 김희선을 만나 인터뷰하고 그 내용을 웹진에
올렸다고 예상하여 쓴 글이다.
　－요즘 영화에 출연합니까?
"예."
　－무슨 영화입니까?
"'와니와 준하'입니다."
　－무슨 역할을 맡았습니까?
"와니입니다."
　－할 만한가요?
"예."

　실제 인터뷰 자리에서 이렇게 질문과 대답이 오고갔다 하더라
도 이렇게 쓰면 안 된다. 이 글은 실제 상황을 그대로 옮긴 듯한
100% 구어체이다.
　구어체의 문어체화가 되어야 하며, 그러기 위해서는 몇 개의 질
문과 대답을 묶어 하나의 질문과 대답으로 엮는 것이 좋다. 아래처

럼 고쳐보자.

> ―영화 '카라' 이후 3년 만에 활동을 재개했는데…….
> "순수한 남녀의 만남과 사랑을 그린 '와니와 준하'에 출연하고 있습니다. 벌써 촬영은 막바지입니다."
> ―이전과 많이 달라졌다는 이야기를 들었다(질문이라고 해서 의문형일 필요는 없다).
> "스스로 생각해도 많이 성숙해졌어요. 카메라 워크도 그렇고 연기를 하는 느낌도 그렇고……. 팬 여러분께서 기대하셔도 될 겁니다."

질문의 종지형 어미도 대답처럼 존칭어를 쓸 수 있다. 또 질문과 대답을 모두 예사말로 할 수 있고, 또 '~하셔요', '~이어요'식의 가벼운 존칭어로 통일해도 좋다. 어느 쪽을 택할지는 문장의 성격, 네티즌의 성향, 콘텐츠의 성격 등을 파악해서 선택하도록 한다.

질문의 종지형 어미가 중요하다

한 번의 대답이나 질문이 너무 길거나 너무 짧아도 곤란하다. 너무 길면 편집하는 데도 힘들지만 읽는 사람이 글을 이해하는 데도 힘들다. 너무 길 때는 적당한 선에서 대답을 자르고, 다시 질문글과 대답 글을 넣으면 된다.

질문 글의 끝이 각기 달라져야 한다는 점도 유념해야 할 일이

7강 이해력을 높이는 새로운 스타일

다. 질문이라고 해서 끝이 '인가요?'로만 계속된다던가 '～는데요?', '～이유는?', '～대답해 주세요' '～어떤가요?' 등이 계속 나열된다면 잘못 쓴 글이 되고 만다. 질문 형태가 한 차례도 중복되지 않으면 더할 나위 없이 좋겠지만 그것이 어렵다면 최소한 연이어 중복되지는 않도록 조심한다.

편집상의 문제이지만 질문 글과 대답 글은 각기 다르게 표시하는 것이 좋다. 이는 질문과 대답을 구분시켜 독자들로 하여금 좀더 쉽게 읽게 하기 위함이다. 각기 다르게 표시하기 위해서는 글자 모양을 달리할 수도 있고, 굵기를 달리할 수도 있으며, 또 질문 글 앞에 '－'을 넣고 대답 글에는 큰따옴표(" ")를 넣어 구분할 수도 있다. 약물을 글 앞에 넣거나, 색깔을 넣어 차별화할 수도 있다. 어떻게 하든 상관없으나 명심해야 할 일은 전체 글을 통일해야 한다는 점이다.

다음은 야구 관련 홈페이지를 만든 장○○씨가 자신의 홈페이지 소개를 Q&A식으로 쓴 글이다. 이것은 인터뷰 그 자체를 옮긴 것이라기보다 정보 소개를 Q&A식으로 풀어 쓴 것이다.

① －야구에 관한 홈페이지를 만드셨다는데…….
"예. 구체적으로 메이저리그 야구에 관한 홈페이지입니다."
② －예전부터 야구를 좋아하셨나요?
"야구를 좋아하게 된 것은 오래되지 않았습니다. 특히 메이저리그는 작년부터 심취하게 됐습니다."

③ -주제를 메이저리그로 선택한 이유는?

"물론 메이저리그를 좋아하기 때문이고, 관심 있는 사람들에게 이슈가 되고 있는 현지 소식을 전하고 싶었습니다. 물론 박찬호 선수 소식도 알리고 싶었고요."

④ -야구에 관한 홈페이지는 많은데, 어떤 점이 차별화되어 있나요?

"국내 신문이나 방송 매체는 박찬호 선수에 관한 좋은 점만 부각시켜 소식을 전합니다. 사실 때로는 현지 언론의 평가와 다를 때가 있죠. 저는 현지 언론의 평가를 인용하여 객관적으로 글을 써 보겠습니다."

⑤ -그러한 정보는 어디에서 얻나요?

"주로 메이저리그 공식 홈페이지나 미국의 각 언론사 야구란을 통해 정보를 얻습니다. 신속성을 기할 수 있고 저의 부족한 영어 실력을 향상시키기 위해 많이 참조합니다."

⑥ -그럼 이제 홈페이지 구성에 대해 이야기해 볼까요. 전체적인 구성에 대해 설명해주시죠.

"홈페이지 상단에 박찬호 선수 등판 일정을 실었습니다. 경기 결과와 함께 중요하고 궁금해하는 내용이니까요. 좌측 메뉴에는 다섯 가지 목록이 있습니다. 박찬호 소식은 따로 정리했고, 야구와 관련된 목록도 만들었습니다. 박찬호와 김병현 선수 사진을 8장씩 삽입했고 누구든지 글을 남길 수 있도록 자유 게시판도 만들었습니다. 마지막으로 참조한 홈페이지를 하단에 링크했습니다. 본문의 구성은 신문 기사의 형식을 취하고 있습니다. 주로 외국 홈페이지의 기사를 인용했고 헤드라인은 제가 직접 뽑아 보았습니다. 시선을 모을 수 있는 사진도 한 두 장 넣었습니다. 그리고 오른쪽에는 지난 기사와 간단한 박찬호 선수의 경기 결과를 줄기사로 실었습니다."

7강 이해력을 높이는 새로운 스타일

⑦ ―홈페이지에 사용된 툴은 무엇이고, 제작 기간은 얼마나 걸렸나요?

"제가 직접 html로 코딩했고, 구성 기획에서 제작까지 한 달 정도 걸렸습니다."

⑧ ―제작하면서 어려웠던 점이 많았나요?

"처음 해보는 작업이라 많은 시행착오를 거쳤습니다. 특히 읽기 편하게 부드러운 번역을 하는 것이 어려웠습니다."

⑨ ―앞으로 어떻게 홈페이지를 발전시켜나갈 생각입니까?

"전체적으로 디자인이 많이 부족하여 포토샵 작업을 통해 보완해 나갈 것이고 여러 사이트의 기사를 종합하여 자주 올릴 생각입니다. 앞으로 재미있는 메이저리그 뒷이야기를 기대해주세요."

이 글은 재밌게 썼다는 점에서는 높게 평가할 만하다. 다소 문장력은 떨어지더라도 이렇게 여러 가지 이야기가 많이 들어가면 재미있는 글이 된다. 또 간결체 문장으로 서술됐다는 점도 높이 살 만한다. 그러나 문장 구성 방식, 구어체의 문어체화에서 문제점이 눈에 띈다.

우선 문장 구성 방식. 대체로 이런 글은 역피라미드식 구성 방식을 취해야 가독성 높은 글이 된다. 역피라미드 구성방식이란 중요한 순서대로 글을 쓰는 것을 말한다.

이 글에서 가장 먼저 서술해야 할 부분은 무엇인가? 그것은 '어떤 홈페이지인가?'하는 것이다. 어떤 내용으로 되어 있고, 어떻게 만들어졌는지가 먼저 서술되어야 한다. 그런 후 작업 시 에피소드나 사용된 툴, 제작 기간 등의 세부 이야기가 들어가야 한다. 앞으로의 이야기가 마지막에 서술된 점은 잘한 일이다.

역피라미드 식으로 한다면 ①－⑥－③－④－⑤－②－⑦－⑧－⑨로 나열하는 것이 좋다. 순서를 정하였지만 꼭 이대로 해야 한다는 것은 아니다.

가장 중요한 사실(⑥)을 앞에 두고 그 다음 중요한 사실(③과 ④), 미래 이야기(⑨)를 제외하고는 바뀌어도 무리가 없다. 즉 ②와 ⑦, ⑧이 순서가 바뀌어도 문제가 없다는 뜻이다. 세부 사실은 그 중요도가 오십보백보이기 때문이다.

예의 글을 구어체의 문어체 쓰기 관점에서 고쳐 본다. 질문 글의 마지막 부분이 '～데요?', '～나요?' 일변도인 점도 좋지 않다. 글을 고치는 과정에서 질문이나 대답에 내용을 첨가하는 등 윤문도 겸했다. 역피라미드 형식에 입각해 글의 순서도 바꾸었다.

－야구에 관한 홈페이지를 만드셨다는데?
"구체적으로 설명하자면 메이저리그에 관한 홈페이지(http://주소)입니다."
('예.'란 말은 빼도록 한다. '예.'란 말을 넣는 것이 가장 구어체적인 표현이다. 대답에 홈페이지 주소를 알려주는 것이 중요하다. 홈페이지 소개 글에서 가장 중요한 것이 홈페이지 주소가 아닐까?)
－홈페이지의 전체적인 구성이 궁금합니다.
"박찬호 소식, 김병현 소식, 사진 모음, 기타 메이저리그 소식, 자유 게시판 등 크게 다섯 가지로 나눠집니다. 이와는 별도로 상단에 박찬호 선수의 등판 일정란을 마련했습니다. 경기 결과 못지 않게 궁금해하는 부분이잖아요. 또 홈페이지 하단에는 홈페이지를 만들면서 혹은 현재 참조하는 홈페이지들을 링크해 두었습니다."

－본문의 구성 방식을 설명한다면?

"신문 기사의 형식을 취하고 있습니다. 주로 외국 홈페이지의 기사를 인용했고, 제목은 직접 뽑았습니다. 시선을 모을 수 있도록 사진도 한 두 장 넣었습니다. 글의 오른쪽에는 지난 기사와 경기 결과를 줄기사로 실었습니다."

(대답이 너무 길어지면 이처럼 나눠 쓰는 것이 좋다.)

－메이저리그를 주제로 택한 특별한 이유는?

"물론 메이저리그를 좋아하기 때문이고, 메이저리그에 관심 많은 사람에게 현지 소식을 알려주고 싶었기 때문입니다. 물론 박찬호 선수 소식을 함께 즐기고 싶었습니다."

－야구의 인기만큼 야구 관련 홈페이지가 많습니다.

"국내 신문이나 방송 매체는 박찬호 선수에 관해 좋은 점만 부각시켜 소식을 전합니다. 그런 이유로 현지의 평가를 제대로 알 수 없을 때가 많습니다. 저는 현지 평가를 인용하여 객관적으로 현지 소식을 알리려고 합니다."

－위성 중계가 이뤄지고 TV의 스포츠 뉴스, 스포츠 신문들이 관련 소식을 바로 보도하는 틈바구니 속에서 특화된 정보를 올리려면 쉽지 않을 것 같습니다.

"주로 메이저리그 공식 홈페이지(www.MLB.com)나 미국의 각 언론사 야구란을 샅샅이 뒤져 정보를 얻고, 또 인용합니다. 이렇게 하다 보니 고급 정보 인용은 물론 영어 실력까지 부쩍 는 것 같습니다. 그야말로 일석이조라고 할 수 있습니다."

ㅡ쭉 이야기를 들어보니 야구를 무척 좋아한다는 느낌을 받았습니다.

"그렇습니다. 그렇지만 야구를 좋아하게 된 것은 그리 오래되지 않았습니다. 특히 메이저리그는 지난해부터 심취하게 됐고, 이렇게 홈페이지까지 만들게 됐습니다."

ㅡ제작 이야기도 궁금합니다. 제작 기간과 홈페이지에 사용된 툴을 소개해 주세요?

"직접 html로 코딩했고, 구성 기획부터 완성까지 한 달 가량 걸렸습니다."

ㅡ제작하면서 가장 어려웠던 점을 꼽는다면?

"처음 해보는 작업이라 많은 시행착오를 겪었습니다. 읽기 편하게, 쉽고 부드럽게 번역하는 것도 무척 어려운 작업이었습니다."

ㅡ앞으로의 계획과 네티즌에게 당부하고 싶은 말이 있다면?

"급히 만들다 보니 전체적으로 디자인이 밋밋합니다. 앞으로 포토샵 작업을 통해 보완해 나갈 것입니다. 또한 다른 사이트의 고급 기사를 종합해서 자주 올릴 계획입니다. 뒷이야기도 무성할 것입니다."

고친 글을 보면 질문 글의 마지막 부분들이 '~만드셨다는데…….', '~궁금합니다.', '~설명한다면?', '~이유는?', '~많습니다.', '~같습니다.', '~받았습니다.', '~소개해 주세요?', '~꼽는다면?', '~있다면?' 등으로 각기 달라졌음을 알 수 있다. 이렇게 다양한 종지형 어미로 질문 글을 마무리해야 잘 쓴 Q&A식 질문 글이 된다.

7강　이해력을 높이는 새로운 스타일

3) Q&A식 글쓰기의 또 다른 유형

Q&A식 글쓰기라고 해서 Q&A의 연결로만 이루어지지는 않는
다. Q&A식 글쓰기에 앞서 전문이 써지고, 상황 묘사(일반적인 글쓰
기)도 있을 수 있다. 또 Q&A식 글쓰기가 흘러가다가 또다시 글쓴
이의 지문이 나올 수도 있다. 다음은 그 예이다.

불운의 복서 김득구를 영화화한 '챔피언' 개봉을 앞둔 2002년 6월 어느
날. 영화에서 김득구로 분한 유오성과의 만남은 필자를 당혹하게 했다. 영
화 '친구' 등을 통해 보아 온 그의 인상과 직접 만나 갖게 된 느낌이 너무
달랐기 때문이다. 스타라는 의식을 찾아볼 수가 없는 진지한 모습이었다.
―몹시 까칠하다. 촬영 6개월 전부터 줄곧 복싱 연습을 했다고 들었다.
"복싱 선수 영화니까 출연에 앞서 복싱 연습을 하는 것은 당연한 것이죠.
아침 일찍 일어나 마치 수업 받는 것처럼, 복싱 연습을 해 왔습니다."
―주로 어떤 훈련을 했나?
"러닝, 섀도 복싱, 줄넘기, 미트 치는 연습, 펀치볼……. 복싱 선수가 하는
것을 모두 했습니다."
―말만 들어도 눈에 선하다. 그래도 '친구'의 성공으로 한국 최고의 스타로
자기매김했는데, 이렇게 고생하다니 한편으론 왜 하냐는 생각도 들겠다.
"아니나 다를까, 처음에는 죽을 맛이었어요. 그렇지만 그렇게 훈련을 쌓고
촬영에 들어가니, 이제야 배우가 된 듯한 느낌을 받았어요. 배우와 캐릭터
와의 혼연일체라고나 할까요. 아마 훈련을 제대로 않고 흉내만 내는 연기
를 했다면 좋은 연기란 꿈도 꿀 수 없겠지요."

그렇게 말하는 그의 얼굴은 빛이 났다. 그 사람을 제대로 표현하려면 그 사람이 처한 상황을 제대로 알아야 할 수 있다는 사실을 터득한 눈빛이었다.

—영화 '친구'가 영화사의 한 획을 그었다. 그 전과 그 후가 달라진 게 있다면…….

"달라지고 말고 할 게 어디 있어요. 제 배우 인생은 그대로인걸요. 관객들을 당당하게 만나느냐 아니냐가 중요한 것이죠."

유오성에게는 대배우의 향기가 났다. 영화를 홍보하려는 질문을 유도해내거나 제스처를 쓰지 않았지만 그의 행동과 말은 자신있게 촬영에 임했고, '챔피언'이 아주 볼 만한 영화임을 드러냈다. 그는 마지막으로 이런 말을 했다.

"영화의 우수성을 직접 확인십시오."

3. 게시판식·표식 글쓰기

인터넷이 활성화되면서 한층 부각한 글쓰기 스타일. 현재 이메일 마케팅 분야에서 활용되고 있지만 앞으로는 웹진, 온라인 신문은 물론 인터넷 사이트 전반에서 적극 활용될 것으로 예상된다.

1) 게시판식 글쓰기

게시판식 글쓰기에서 게시판이란 인터넷 홈페이지에서 누구나 쓰고 볼 수 있는 게시판을 말하는 것이 아니라 학교 정문이나 학과 사무실 입구, 혹은 회사 홍보실 앞에 소식을 알리기 위해 비치된 게시판을 가리킨다. 즉 게시판식 글쓰기란 그 게시판에 쓰여진 글의 형태를 말한다.

　게시판식 글쓰기는 글 전체의 구성이나 문장과 문장의 연결을 중요시 여기거나 문장의 온전한 형태에 중점을 둔 글쓰기가 아니라 요점만 간단하게 서술한 글쓰기이다. 중요한 것은 핵심 사항을 정확하고 명확하게 알리는 것에 주안점을 둔다는 것이다. 게시판식 글쓰기는 모든 글에 적용되지는 않는다. 같은 주어로 문장이 계속되거나, 같은 스타일의 문장이 계속 나열될 때 적합한 방식이다.

〈대학 게시판에서 볼 수 있는 게시판의 예〉
알림
2003년 ○○고등학교 재경 동문회 개최
신입생 환영회 겸 동문회를 갖습니다. 많은 참여를 부탁합니다.
일시 : 모 월 모 일 모 시
장소 : 마포 홀리데이인 서울 뒷편 카페 △△
회비 : 2만 원

2) 게시판식 글쓰기와 표식 글쓰기는 닮은꼴

　게시판식 글쓰기가 각광을 받고 있는 이유는 인터넷 매체의 글이 가독성이 떨어지기 때문이다. 앞에서 설명한 것처럼 가독성을 높이는 방법으로 쓰여진 글이라 하더라도 문장이 길고 복잡하게 서술되어 있을 때, 또 같은 스타일로 계속 나열될 때는 읽기도 어려울 뿐더러 쓰기도 어렵다. 특히 보고서 형식의 무미건조한 글이 계속될 때는 더욱 더 어렵게 된다.

이때는 게시판식 글쓰기가 가독성을 한층 높여 준다. 게시판식으로 쓰여진 글은 쓰기 쉬울 뿐 아니라 읽기도 쉽고 이해하기도 빠르다.

표식 글쓰기도 게시판식 글쓰기와 마찬가지다. 같은 주어로 이루어진 글이 계속 이어지거나 같은 스타일의 문장이 계속 나열될 때 활용할 수 있는 것으로, 게시판 대신 표를 짜 글을 넣는 방법을 취한 것이다. 여기서의 표는 항상 우리가 보는 그 표를 생각하면 된다.

〈일반적인 글의 예〉

전문 대학들이 고교 졸업자 또는 졸업 예정자들에게 상위 진학대상으로 크게 환영받고 있다. 취업에 용이하고 생활에 필요한 실용적인 학과를 전진 배치한데다 졸업생들의 전원 취업이 이루어지자 나타난 현상이다. 허울만 좋은 대학 졸업장보다는 실익을 택했다고 할 수 있다. 최근 고교 졸업생들로부터 관심의 대상이 되고 있는 전문 대학들은 다음과 같다.

A대학은 자동차 정비학과, 컴퓨터 전산학과, 비행사 양성학과가 인기를 끈다. 자동차 정비학과는 학원은 물론 타 대학 동종 학과에 비해 기술 장비가

월등히 뛰어나고, 지난해 졸업생들의 취업률이 100%를 기록하였다. 컴퓨터 전산학과는 해외 진출 인력을 많이 양산해 최근 급격히 인기 학과로 부상했다. 비행사 양성학과는 비행사의 꿈을 심어줄 수 있다. 또한 미국과 기술을 제휴하였고, 취업 면에서도 독보적이다. 비행사는 수익 면에서나 대우 면에서 특A급이다.

B대학은 피부 관리학과, 애완 동물 간호사과, 안경 광학과, 관광 통역과가 유망하다. B대학의 인기 학과들은 학과의 특성상 특히 여성들에게 인기. 피부 관리학과는 여성들 사이에 인기 절정으로 떠오른 피부 관리사를 배출하는 학과다. 연이어 입시 경쟁률 13:1을 기록하고 있으며, 취업률 100%를 자랑하고 있다. 애완 동물 간호사과는 애완 동물을 기르는 사람들의 증가와 그들의 애완 동물 사랑으로 수요가 늘어난 대신 공급이 부족한 상태. 안경 광학과나 관광 통역과도 고수익을 올리는 직종으로 각인되면서 수험생들이 몰리고 있다. B대학의 특색은 졸업하기 전에 전원에게 자격증을 취득시켜준다는 것이다. 교수진도 손꼽히는 것으로 알려진다.

위의 글을 살펴보면 'A대학은 a학과는 어떻고, b학과는 어떻고, c학과는 어떻고 d학과는 어떻고, B대학은 a학과는 어떻고, b학과는 어떻고, c학과는 어떻고, d학과는 어떻고' 하는 식으로 서술되어 있다. 이렇게 똑같은 스타일이 계속될 때는 게시판식 글쓰기나 표식 글쓰기가 유리하다.

〈게시판식 글쓰기로 옮긴 예〉
전문 대학들이 고교 졸업자 또는 졸업 예정자들에게 상위 진학대상으로 크

게 환영받고 있다. 취업에 용이하고 생활에 필요한 실용적인 학과를 전진
배치한데다 졸업생들의 전원 취업이 이루어지자 나타난 현상이다. 허울만
좋은 대학 졸업장보다는 실익을 택했다고 할 수 있다. 최근 고교 졸업생들
로부터 관심의 대상이 되고 있는 전문 대학들은 다음과 같다(여기까지는 같
다. 그 뒤는 다음과 같이 바뀐다).

A대학 인기 학과

자동차 정비학과: 학원이나 타 대학에 비해 기술과 장비 월등, 취업률
　　　　　　　　　100%.

컴퓨터 전산학과: 해외 진출 용이.

비행사 양성학과: 비행사의 꿈 증대, 미국과 기술 제휴, 취업 면에서 독보
　　　　　　　　　적, 비행사 직업은 수익 면에서나 대우 면에서 특A급.

B대학 인기 학과

피부 관리학과: 피부 관리사 배출, 취업률 100%.

애완 동물 간호사과: 고소득 보장, 직장 수보다 사람 수가 턱없이 부족한
　　　　　　　　　　상태.

안경 광학과: 고소득 보장, 취업률 100%, 우수한 교수진.

관광 통역과: 자유 직종, 고소득 보장, 교수진 A급.

〈표식 글쓰기로 옮긴 예〉

전문 대학들이 고교 졸업자 또는 졸업 예정자들에게 상위 진학대상으로 크
게 환영받고 있다. 취업에 용이하고 생활에 필요한 실용적인 학과를 전진

배치한데다 졸업생들의 전원 취업이 이루어지자 나타난 현상이다. 허울만 좋은 대학 졸업장보다는 실익을 택했다고 할 수 있다. 최근 고교 졸업생들로부터 관심의 대상이 되고 있는 전문 대학들은 다음과 같다(여기까지는 같다. 그 뒤는 다음과 같이 바뀐다).

A대학 인기 학과

학과	장점
자동차 정비학과	학원·타 대학에 비해 기술·장비 월등, 취업률 100%
컴퓨터 전산학과	해외 진출 용이
비행사 양성학과	비행사의 꿈 증대, 미국과 기술 제휴, 취업 면에서 독보적, 비행사는 수익 면에서나 대우 면에서 특A급

B대학 인기 학과

학과	장점
피부 관리학과	피부 관리사 배출, 취업률 100%
애완 동물 간호사과	고소득 보장, 직장 수보다 사람 수가 부족한 상태
안경 광학과	고소득 보장, 취업률 100%, 우수한 교수진
관광 통역과	자유 직종, 고소득 보장. 교수진 A급

3) 게시판식·표식 글쓰기의 장점

예에서도 살펴보았듯이 게시판(혹은 표)식으로 쓰여진 글이 훨씬 눈에 잘 들어오고 이해도 빠르다. 그렇지만 모든 글을 다 이렇게 하라는 것은 아니다. 계속된 나열, 또는 지리한 서술로 재미가 떨어질 때, 그래서 자칫 속독이 어려워질 때 게시판식이나 표식 글쓰기를 하면 네티즌이 더욱 쉽게 이해할 수 있다는 말이다.

게시판식·표식 글쓰기가 편하다고 해서 이를 남용해서는 안 된다. 짧거나 재미난 글인데도 게시판식·표식 글쓰기를 한다면 오히려 글의 운치를 빼앗아버리는 결과를 초래할 수도 있기 때문이다.

4. 약물의 적극적인 활용

글 전체가 길면 글읽기가 싫어진다. 읽을 것이 많다는 이유로 읽을 엄두가 나지 않는 것이다. 이 때는 약물을 적극 활용해 네티즌으로 하여금 독해 욕구가 일게끔 해보자.

어떤 글인가를 막론하고 약물을 사용할 수 있는 것은 아니다. 대개 글 전체는 같은 이야기지만 각 단락이 별개의 이야기로 구성됐다면 약물을 사용할 수 있다. 약물은 새로운 이야기가 시작되는 단락의 맨 앞에 사용하면 된다.

약물의 모양은 개개인이 마음대로 고를 수 있다. 블릿 기호 중 마음에 드는 것을 고를 수도 있고 자신이 포토샵에서 특별한 약물을 만들어 사용할 수도 있다. 무엇을 고르건 상관없지만 잊지 않아야 할 것은 하나의 글에서는 하나의 약물을 사용하여 통일감을 주도록 해야 한다는 것이다. 단, 112쪽의 설명처럼 요즘은 Q & A식 글쓰기에서 Q와 A의 구분을 약물로 하는 경우가 더러 있다. 이때는 Q는 Q대로 A는 A대로 다른 약물을 사용해야 한다(구분해야 하므로).

약물을 사용할 수 있는 대표적인 글은 행사를 소개한 글이다. 이를테면 월드컵 경기장의 이모저모, 관객 응원 이모저모, 한국의 선전에 대한 세계의 반응, 가수 ○○○ 생일 파티 이모저모, 연예인 △△△의 팬클럽 창단식 이모저모 등 글 전체는 한 주제이되 단락마다 각기 독립된 다른 내용으로 이루어지면 약물을 사용하여 글을 꾸밀 수 있다.

2002 FIFA 월드컵 / 한국 vs 이탈리아전, 세계 언론의 반응
"伊는 실력부족으로 졌다."

이탈리아 리그 페루자의 가우치 구단주가 "이탈리아전에서 골을 넣어 이탈리아를 탈락시킨 선수를 그대로 둘 수 없다"며 사실상 방출 선언을 해 물의를 빚고 있다. 과연 세계 각국에서는 한국 - 이탈리아전의 결과와 이탈리아에서 제기하고 있는 심판판정 문제에 대해 어떻게 보고 있을까. 세계 각국의 반응을 살펴보자.

▲ 이탈리아가 한국전 승리를 도둑맞았다고 주장하고 있으나 이탈리아팀의 패배는 투지 부족, 선수간 경쟁심, 전략 미숙, 선수 노령화, 쉬운 돈벌이 등에 기인한다.

이탈리아는 이번 월드컵이 시작된 이후 사사건건 판정 시비를 제기하며 국제축구연맹(FIFA)을 상대로 한 제소까지 들먹이고 있으나 이는 으름장에 지나지 않고 있다. 이탈리아는 지난 1982년 독일에 세계 챔피언 자리를 내준 뒤 국제 경기에서 한 번도 우승하지 못했다. 이는 월드컵 트리플 챔피언에게는 재난에 가까운 성적이다. 따라서 이번 대회에서 1승 1무 2패를 기록한 것은 이처럼 초라한 전철의 연속으로 봐야 한다(프랑스 르몽드).

▲ 한국이 이탈리아를 누른 경기는 아시아에서 처음 열린 이번 월드컵에서 가장 극적인 게임의 하나다. 8강 진출 가능성이 희박했던 한국이 월드컵 3회 우승국 이탈리아를 연장전 끝에 2대1로 물리친 것은 국제 축구 역사에서 가장 놀랄 만한 역전승의 하나로 기록될 것이다. 히딩크 감독의 지휘 아래 한국 선수들이 경기 종료 2분을 남기고 골든골이 터질 때까지 결코 포기하지 않음으로써 아주리 군단을 물리칠 수 있었다(로스앤젤레스 타임즈). 역대 월드컵에서 1승도 거머쥐지 못한 한국팀이 이제는 우승 후보처럼 보인다. 한국팀은 월드컵 3회 우승 강호 이탈리아를 집으로 돌려보냈다(미국 USA 투데이).

▲ 모레노 주심은 경기 규칙을 완벽하게 이해해 엄격하고 냉철한 판정을 했다. 그는 (과격한 플레이로 야기될 우려가 있는) 불미스런 사태를 미연에 방지했다. 한국팀에 페널티킥을 주고 '시뮬레이션 액션'을 한 토티를 퇴장 조치한 것은 올바른 판정이었다(에콰도르 엘 유니베르소).
모레노 주심은 경기장 구석구석을 쫓아다니며 모든 상황을 제대로 지켜봤다. 심판으로서 그의 자질은 토티를 퇴장시키는 순간 최상의 빛을 발했다(에콰도르 엘 코메르시오).

▲ 한국의 포르투갈과 이탈리아 격파는 이번 월드컵의 이번 중 하나였다. 한국은 포르투갈과의 16강전에서는 비길 수도 있었으나 승부의 세계에서는 무승부란 없다는 히딩크 감독의 논리에 따라 최선을 다했고, 결국 포르

7강 이해력을 높이는 새로운 스타일

투갈과 이탈리아를 제압할 수 있었다(아르헨티나 라 나시온).

약물의 표시는 ★, ◎, ▲, *, #, ㅁ, ◆, ▼ 등 무엇으로 하든 상관없다. 예의 글도 약물 표시가 없이 글이 계속 이어졌다면 아마 읽을 엄두를 내기 어려운 글이 되었을지도 모른다.

약물 대신 그 위에 중간 제목을 달아 연결해도 무방하다. 약물과 중간 제목을 모두 달아도 된다. 다음의 두 예를 통해 약물과 중간 제목을 단 경우를 살펴보자.

① 프랑스 / 트리플 챔피언 이탈리아 패배는 당연한 결과

이탈리아가 한국전 승리를 도둑맞았다고 주장하고 있으나 이탈리아팀의 패배는 투지 부족, 선수간 경쟁심, 전략 미숙, 선수 노령화, 쉬운 돈벌이 등에 기인한다. 이탈리아는 이번 월드컵이 시작된 이후 사사건건 판정 시비를 제기하며 국제축구연맹(FIFA)을 상대로 한 제소까지 들먹이고 있으나 이는 으름장에 지나지 않고 있다. 이탈리아는 지난 1982년 독일에 세계 챔피언 자리를 내준 뒤 국제 경기에서 한 번도 우승하지 못했다. 이번 대회에서 1승 1무 2패를 기록한 것은 이처럼 초라한 전철의 연속으로 봐야 한다(프랑스 르몽드).

미국 / 한국 vs 이탈리아전은 가장 극적인 게임

한국이 이탈리아를 누른 경기는 아시아에서 처음 열린 이번 월드컵에서 가장 극적인 게임의 하나다. 8강 진출 가능성이 희박했던 한국이 월드컵 3회 우승국 이탈리아를 연장전 끝에 2대1로 물리친 것은 국제 축구 역사에서

가장 놀랄 만한 역전승의 하나로 기록될 것이다. 히딩크 감독의 지휘 아래 한국 선수들이 경기 종료 2분을 남기고 골든골이 터질 때까지 결코 포기하지 않음으로써 아주리 군단을 물리칠 수 있었다(로스앤젤레스 타임즈).

에콰도르 / 토티의 퇴장은 올바른 판정
모레노 주심은 경기규칙을 완벽하게 이해해 엄격하고 냉철한 판정을 했다. 그는 (과격한 플레이로 야기될 우려가 있는) 불미스런 사태를 미연에 방지했다. 한국팀에 페널티킥을 주고 '시뮬레이션액션'을 한 토티를 퇴장조치한 것은 올바른 판정이었다(에콰도르 엘 유니베르소).

아르헨티나 / 한국의 포르투갈·이탈리아 격파는 이변 중 하나
한국의 포르투갈·이탈리아 격파는 이번 월드컵의 이변 중 하나였다. 한국은 포르투갈과의 16강전에서는 비길 수도 있었으나 승부의 세계에서 무승부란 없다는 히딩크 감독의 논리에 따라 최선을 다했고, 결국 포르투갈과 이탈리아를 제압할 수 있었다(아르헨티나 라 나시온).

② ▲ 프랑스 / 트리플 챔피언 이탈리아 패배는 당연한 결과
이탈리아가 한국전 승리를 도둑맞았다고 주장하고 있으나 이탈리아팀의 패배는 투지 부족, 선수간 경쟁심, 전략 미숙, 선수 노령화, 쉬운 돈벌이 등에 기인한다. 이탈리아는 이번 월드컵이 시작된 이후 사사건건 판정 시비를 제기하며 국제축구연맹(FIFA)을 상대로 한 제소까지 들먹이고 있으나 이는 으름장에 지나지 않고 있다. 이탈리아는 지난 1982년 독일에 세계 챔피언 자리를 내준 뒤 국제 경기에서 한 번도 우승하지 못했다. 이번 대회

에서 1승 1무 2패를 기록한 것은 이처럼 초라한 전철의 연속으로 봐야 한
다(프랑스 르몽드).

▲ 미국 / 한국 vs 이탈리아전은 가장 극적인 게임
한국이 이탈리아를 누른 경기는 아시아에서 처음 열린 이번 월드컵에서 가
장 극적인 게임의 하나다. 8강 진출 가능성이 희박했던 한국이 월드컵 3회
우승국 이탈리아를 연장전 끝에 2대1로 물리친 것은 국제 축구 역사에서
가장 놀랄 만한 역전승의 하나로 기록될 것이다.
히딩크 감독의 지휘 아래 한국 선수들이 경기 종료 2분을 남기고 골든골이
터질 때까지 결코 포기하지 않음으로써 아주리 군단을 물리칠 수 있었다(로
스앤젤레스 타임즈).

▲ 에콰도르 / 토티의 퇴장은 올바른 판정
모레노 주심은 경기 규칙을 완벽하게 이해해 엄격하고 냉철한 판정을 했다.
그는 (과격한 플레이로 야기될 우려가 있는) 불미스런 사태를 미연에 방지했다.
한국팀에 페널티킥을 주고 '시뮬레이션 액션'을 한 토티를 퇴장 조치한 것
은 올바른 판정이었다(에콰도르 엘 유니베르소).

▲ 아르헨티나 / 한국의 포르투갈·이탈리아 격파는 이변 중 하나
한국의 포르투갈·이탈리아 격파는 이번 월드컵의 이변 중 하나였다. 한국
은 포르투갈과의 16강전에서는 비길 수도 있었으나 승부의 세계에서 무승
부란 없다는 히딩크 감독의 논리에 따라 최선을 다했고, 결국 포르투갈과
이탈리아를 제압할 수 있었다(아르헨티나 라 나시온).

2부 인터넷에서 글 잘 쓰는 비법

①은 중간제목을 달아서 만든 글이고, ②는 약물과 중간제목을 동시에 넣은 글이다.

5. 핵심 단어, 주요 내용을 돋보이게 처리하라

이것은 엄밀히 말하면 글쓰기에서 다룰 게 아니라 디자인 부분에서 다룰 이야기이지만 글 속의 문제이므로 간단하게나마 설명하기로 한다.

말 그대로 글 중에 핵심 단어 또는 주요 내용을 돋보이게 처리해 보라! 밋밋하게 처리한 것보다 네티즌의 관심을 끌 수 있을 것이다. 이는 앞에서도 여러 번 설명했지만 네티즌들이 글을 대강 훑어보기 때문에 필요한 방법이다. 대략 훑어보는 가운데 자신이 관심 있어 하는 단어나 문장이 눈에 띈다면 정독 태세로 들어갈 것이다.

핵심 단어나 주요 내용을 돋보이게 하는 방법은 여러 가지다. 굵은 글씨체로 변화시킨다든가, 혹은 그 부분만 색깔을 다르게 넣을 수 있다. 글씨체를 다르게 하는 것도 방법이다.

필자는 2000년에 홈페이지를 만들면서 핵심 단어나 주요 내용의 색깔을 달리했다. 당시엔 인터넷 글쓰기를 생각하면서 그렇게 한 것은 아니었다. 다만 네티즌의 한 사람으로서 밋밋한 글쓰기가 나쁘다는 것을 느끼고 무언가 변화를 주기 위해 한 일인데 결과적으로는 네티즌의 관심을 모을 수 있었다. 다음 글을 살펴보자.

글 전체가 길면 글읽기가 싫어진다. 읽을 것이 많다는 이유로 읽을 엄두가 나지 않는 것이다. 이 때는 **약물을 적극 활용해 네티즌으로 하여금 독해 욕구가 일게끔 해보자.**
어떤 글인가를 막론하고 **약물**을 사용할 수 있는 것은 아니다. 대개 글 전체는 같은 이야기지만 각 단락이 별개의 이야기로 구성됐다면 약물을 사용할 수 있다. 약물은 새로운 이야기가 시작되는 단락의 맨 앞에 사용하면 된다. 약물의 모양은 개개인이 마음대로 고를 수 있다. 그러나 *하나의 글에서는 똑같은 약물을 선택하여 사용하는 것이 좋다.*

문장을 모두 굵게 처리한 경우, 단어 하나만 굵게 처리한 경우, 문장을 모두 이텔릭체로 바꾼 경우이다. 모두 그 글자가 돋보이게 처리되어 관심을 모은다.

작가 크로포드 킬리언(Crawford Kilian)의 인터넷 글쓰기 지침
1. 불필요한 단어는 모두 버린다.
"문장 안의 모든 단어와 구문들은 서로 싸우고 경쟁해 살아남아야 한다." 이 말은 반드시 필요하지 않은 문장 요소는 '도태'돼야 한다는 뜻이다.
2. 되도록 짧은 단어를 쓴다.
3. 문장을 짧고 단순하게 만든다.

4. 하나의 문단에 하나의 아이디어만 넣는다. 모든 문단은 3문장 이하로 유지한다.

5. 표제(table of content: 제목)를 붙인다.

글의 첫머리에 표제를 붙이면 클릭율을 높일 수 있다. 33쪽의 제목 달기 참조.

6. 중요한 문장은 글, 혹은 문단의 맨 첫 머리에 위치시킨다.

63쪽의 역피라미드형 구성 형식, 47쪽의 전문 활용과 같은 내용이다.

7. 나열되는 문장이나 절, 단어에는 글 머리 기호나 번호를 붙여준다.

글머리 기호는 주변의 문장과 차별화시키기 때문에 중요한 내용을 부각시키논 데에 유용하다.

클로포드 킬리언은 SF·판타지 소설가로 Writing for the Web(2000, self-counsel press)을 저술했다. 앞의 글은 Writing for the Web에서 간추린 내용. 그는 책에서 인터넷의 특수성을 감안하여 훑어 읽기에 적합한 간결체 문장 쓰기를 주로 강조했다. 1, 2, 3, 4는 모두 간결한 문장 쓰기 방법에 관한 내용이다.

조나단 듀브의 온라인 저널리스트를 위한 12가지 지침

1. 당신의 독자를 알라!

네티즌 분석을 제대로 하여 그들이 원하는 스타일의 글을 올려라(96쪽 설명과 동일).

2. 일단 생각한 뒤, 다르게 생각하라.

인터넷에서는 글과 이미지 외에도 전달 방법은 다양하다. 어느 것을 활용하면 좋은지를 생각하고 그에 따른 기획을 한다.

7강 이해력을 높이는 새로운 스타일

3. 자료 수집 방법을 인터넷에 맞춰라.

기존 매체에 비해 자료 수집 방법은 다양하다. 이를 활용하여 최선의 자료를 이끌어내자.

4. 생동감 있고 긴장감 있는 글을 쓰라.

긴 문장과 수동태 문장은 좋지 않다. 무덤덤하고 구태의연한 문장과 단어도 네티즌을 사로잡지 못한다(79, 86쪽 참조).

5. 바로 글을 쓸 생각을 하지말고 계획을 세워서 쓰도록 한다(63쪽, 179쪽 설명과 동일).

6. 쌓아 두기를 즐기지 말라.

이전의 글은 쌓아 두어도 보지 않는다. 최신 뉴스만 올려라.

7. 분산시켜라!

똑같은 글자체·글자 크기의 텍스트로만 이루어진 글은 읽기 어렵다. 이 때 중간 제목과 블릿 기호를 사용하여 텍스트를 분산시키면 읽기가 수월해진다(101쪽 설명과 동일).

8. 추측하게 하지 마라!

'글의 뜻이 무엇일까' 생각하게 만들지 말라. 직설적인 제목과 글을 쓰도록 한다(34, 88쪽 설명과 동일).

9. 링크를 두려워하지 말라.

좋은 사이트를 링크시켜 두면 네티즌이 그 곳으로 가 버릴 것이라고 생각하고 링크 자체를 두려워하는 운영자가 있다. 절대 그렇지 않다는 결과는 이미 입증됐다.

10. 리드를 숨기지 말아라!

전문을 적극 활용하라는 뜻이다(47쪽 설명과 동일).

11. 위험을 감수하라. 그러나 기본은 기억하라!

인터넷은 종이 매체 및 그 밖의 기본 매체와 다르다. 그러므로 새로운 시도가 필요하다.

조나단 듀브(Jonadan Dube)는 미국 MSNBC.com의 편집자로 위 낸용은 그의 홈페이지(www.jondube.com)에 실린 인터넷 기사 쓰기 지침이다. 듀브는 컬럼비아 대학이 제정한 2000년 온라인 저널리즘상 속보 부분 수상자이다.

3부 올바른 문장을 쓰려면

아무리 재미나고 유익한 정보를 올렸다 해도
틀린 글자, 잘못된 문장이 쏟아져 나온다면
저급한 정보로 오해받기 쉽다.
바꿔 생각해서 잡지나 소설을 보다가
틀린 글자나 잘못된 문장을 발견했다고 치자.
아마 "이게 뭐야! 어디서 만들었어?" 하면서
그 책을 저급하게 취급하고
나아가서는 읽기를 그만둘지도 모른다.
틀린 글자, 잘못된 문장이 없는
올바른 문장은 글의 완성도와 가독성을 높인다.

*8*강 인터넷에서 발견되는 잘못된 문장들

1. 틀린 글자·빠진 글자 바로 잡기

쓴 글을 꼼꼼히 보면서 틀린 글자가 없는지, 빠진 글자가 없는지 바로잡는 것은 글쓴이의 바른 자세이다. 확실히 모르는 글자는 혼자서 결정짓지 말고 사전을 찾아가면서 바로 잡도록 한다. 인터넷 용어나 신조어(96쪽 참조)를 사용할 때를 제외하고는 맞춤법에 의거하여 올바른 글을 쓰고 나아가 올바른 홈페이지 문화를 선도해나가도록 한다.

인기 절정인 드라마 '야인 시대' 촬용장은 어떻게 생겼을까? 우리들은 지난 1월 7일 '야인 시대' 촬영장이 있는 부개로 향했다. 우리는 부개역에서 택시를 타고 '야인 시대' 촬영장을 갔다.
'야인 시대' 촬영장으로 가는 택시 안에서 택시 기사 아저씨가 볼 것도 없는

'야인 시대' 촬영장을 구경 하는 사람들이 이해가 안 된다는 식으로 말씀 하셨어 조금 걱정을 했지만 '야인 시대' 촬영장를 막상 들어가 보니 택시 기사 아저씨의 말이 거짓말이라는 것을 금새 알 수 있었다.

얼마나 세트장을 잘 지어 놓았는지 내가 정말 일제 시대 종로 한복판에 온 기분이었다. 또 건물도 몇 개 정도가 아니라 아예 한 마을을 갖놓은 듯 웅장했다. 우미관도 보였고 나미코의 가게도 보였다. 감개무량했다.

마침 촬영장에서는 촬영이 한창이었다. 안재모 오빠(김두한 역)와 그 패거리들이 우미관 앞에서 연기를 하고 계셨다. 주의에 있는 조연들이 조용히 하라고 하였다.

위 글에서 1행의 '촬용장'은 '촬영장'으로, 5행의 '구경 하는'은 '구경하는'으로 고친다. 또 6행의 '말씀 하셨어'는 '말씀하셔서'로 고치고, 11행에서 '갖'과 '놓은' 사이에 '다'를 넣는다. 14행의 '주의'는 '주위'로 고친다.

2. 잘못된 문장의 오류 바로잡기

간결체의 단문일 경우에는 드물지만 조금만 문장이 길어지면 문장이 뒤틀리는 경우가 많다. 특히 복문에서는 걷잡을 수 없이 많은 오류가 생겨난다. 글을 쓸 때부터 오류 없는 문장인지를 확실히 규명하는 것이 좋다.

1) 주어와 술어의 호응 관계

가장 많은 오류가 바로 주어와 술어의 호응 관계에서 비롯된다.
주어와 술어의 호응 관계가 불분명해지면 의미 전달이 어려워져
읽는 사람이 무슨 말인지 모르게 된다. 이럴 때는 주어와 술어만으
로 말이 연결되는지를 알아보는 편이 빠르고 정확하다. 복문에서
는 호응 관계가 엇갈릴 수 있으므로 특히 주의한다.

① 저의 첫 사회 경험은 여고 동창의 소개로 모 케이블 TV 제작부에서 사
무 업무 보조일을 하였습니다.
② 여름 휴가객은 대개 3박 4일 코스지요.
③ 눈길을 모으는 것은 마이클 잭슨, 데니스 골드먼, 게리 올드먼이 모두
동갑내기였습니다.
④ 김경미는 방송국에 취직하고, 박송주는 출판사에 들어가고, 나머지 우
리 9기는 모여 앉아 취업에 관한 정보를 함께 나누며, 이렇게 힘들고 어려
운 줄 미처 몰랐다.

① '사회 경험은'이 주어이고 '하였습니다'가 서술어인데, '사회
경험은'과 '하였습니다'는 호응 관계가 맞지 않는다. 저의 첫 '사회
경험은'을 주어로 그대로 두려면 '저의 첫 사회 경험은 여고 동창
의 소개로 하게 된 모 케이블 TV 제작부 사무 보조일이었습니다.'
로 고치면 된다. 또 '하였습니다'를 술어로 하려면 주어는 '저는'으

복문이란 문장에 주어와 서술어가 둘 이상 들어가 명제가 둘 이상 표현
된 문장을 말한다. 두 개 이상의 단문이 일정 규칙에 의해 통합되어 한 문
장을 이룬 것이다. 설명이나 예증, 논의를 해야하는 문장에서 복문이 많이
활용된다. 문장 안에 또 다른 문장이 포함된 복문을 내포 복문이라 하고,
문장과 문장을 잇는 복문을 접속 복문이라고 한다.

취중 발언 가운데는 제대로 보도되지 않은 것도 많다.(내포 복문)
술은 먹더라도 말은 조심해야 한다.(접속 복문)

로 하고, '첫 사회 경험은'은 '첫 사회 경험으로'로 고치면 '하였습
니다'와 매끄럽게 연결된다. 즉 '저는 첫 사회 경험으로 모 케이블
TV 제작부에서 사무 업무 보조일을 하였습니다'가 된다.

② '휴가객은'과 '코스지요'의 호응 관계가 맞지 않는다. '여름
휴가객은 대개 3박 4일 코스로 떠나지요'가 어울린다.

③ '눈길을 모으는 것은'과 '동갑내기였습니다'는 호응 관계가
맞지 않는다. '동갑내기였습니다'를 '동갑내기라는 점입니다(혹은
것입니다)'로 고치면 된다.

④ 접속 복문으로 이루어진 문장. '이렇게 힘들고 어려운 줄 미
처 몰랐다'에서 '몰랐다'의 서술어와 주어와의 호응 관계가 맞지
않는다. 제대로 된 문장을 구성하려면 다음과 같이 하면 된다.

김경미는 방송국에 취직하고, 박송주는 출판사에 들어가고, 나머지 우리 9

기는 모여 앉아 취업에 관한 정보를 함께 나누며, 우리들은 취업이 이렇게
힘들고 어려운 줄 미처 몰랐다고 푸념했다.

2) 잘못된 수식 관계

수식 관계가 명확하지 않거나 수식어 사용이 잘못되었을 때 글
쓴이의 의도가 분명하지 않게 되고, 글이 꼬이게 된다. 수식 관계
가 불분명할 때는 문장 안에서의 수식어의 위치가 잘못되었거나
중복되었을 때 생기며, 문법상 이해가 잘못되었을 경우 수식어 사
용을 그르칠 수 있다. 또 수식어가 지나치게 길어졌을 때 이해하기
어려운 이상한 문장이 되므로 주의한다.

① 그 남자는 자타가 공인하는 A대학 최고의 킹카
② 어려서부터 손재주가 남달리 뛰어나 주위 어른들로부터 칭찬을 들었고,
중학교 때 미술부에 들어가 활발한 실력을 발휘했습니다.

① 수식어의 위치 때문에 자타가 공인하는 것이 'A대학'인지,
'최고의 킹카'인지 불분명하다. 보통 이와 같은 경우엔 '자타가 공
인하는'은 'A대학'을 가리키게 된다. '자타가 공인하는'이 '최고의
킹카'를 수식하려면 '자타가 공인하는'과 'A대학'의 순서를 바꿔야
한다. 바꾸게 되면 '그 남자는 A대학의 자타가 공인하는 최고의 킹
카'가 되는데 '의'가 계속 나열되어 좋은 문장이 될 수 없다(148쪽

참조). 이런 경우에는 '그 남자는 A대학이 자랑하는 자타가 공인하는 최고의 킹카'로 고치는 게 좋다. 'A대학'과 '자타가 공인하는'을 연결하는 것이 꼭 '자랑하는'이 아니어도 좋다. '의'없이 연결할 수 있는 것이면 무엇이든 가능하다.

② '활발한'과 '실력을'은 수식 관계가 어색하다. '활발한'을 '활발하게'나 '활발히'로 고치고, '실력을'의 뒤에 위치시켜 '발휘했습니다'를 수식하도록 한다.

3) 문장 성분의 무분별한 생략

주어가 생략될 때는 일반적으로 짐작되는 주어일 때, 혹은 같은 주어가 반복되는 경우이다. 같은 주어가 반복될 때는 오히려 생략함으로써 글의 운치를 줄 수 있어 생략하곤 한다. 그러나 위의 경우가 아닌데도 주어가 무분별하게 생략되는 경우는 나쁜 글을 만드는 결과를 초래한다. 목적어 생략도 마찬가지다. 서술어만 있고 목적어가 없는 이상한 문장을 만들어서는 안 된다.

① 나는 밥을 먹었다. 반찬도 먹고, 물을 마셨다. 그런 후 커피도 마셨다.
② 음악과 영화를 아무리 좋아한다 해도 그에게 가장 소중한 것은 카레이스였다. 차와의 인연은 중학교 3학년 때였는데, 일본 NHK에서 중계한 세계 카레이서 대회를 보고 그만 이 길로 빠지고 말았다.
③ 누나는 부모 대신이었다. 우리를 위해 하루 종일 바깥에 나가 일을 하고

돌아와서도, 밤이면 바늘에 꿰어 떨어진 옷을 기워 주곤 했다.

① 두번째 문장부터는 '나는'이 생략됐다. 중복되는 주어이므로 생략돼도 문제없다.

② 물론 이대로도 뜻은 통한다. 그렇지만 제대로 된 문장은 아니다. '음악과~때였는데'까지를 그대로 두고 그 뒷부분만 고친다면, '일본' 앞에 주어 '그는'을 넣고 서술어 '빠지고 말았다.'를 '빠지고 말았다고 한다.'로 고치면 자연스럽다.

또 '음악과~카레이스였다.'까지는 그대로 두고 뒤를 고친다면 다음과 같이 고치면 된다. '그는 중학교 3학년 때 차와 인연을 맺었는데, 일본 NHK에서 중계한 세계 카레이서 대회를 보고 그만 이 길로 빠지고 말았다고 한다.' '맺었는데'와 '말았다고 한다.'의 주어가 같아서 '일본' 앞에 주어를 생략했다.

③ '꿰어'의 목적어가 없다. '실을'을 생략시켜서는 안 된다.

4) 동질적 접속 여부

두 개나 그 이상의 단문들이 접속하여 하나의 문장을 만들 때 동일한 요소라면 생략할 수 있다. 그렇지만 많은 사람들은 동일한 요소가 아닌데도 멋대로 생략하고 통일하는 경우가 많다.

① 창훈은 키가 크고 얼굴도 잘 생겼다.

② 농부가 하늘과 땅을 굽어본다.

③ 사자와 야생 동물은 힘이 세다.

① '키가 크고'와 '얼굴도 잘 생겼다'의 공통 주어가 '창훈'이므로 제대로 된 문장이다.

② 주어는 공통적이지만 서술어가 공통적이지 않다. 농부는 땅을 굽어볼 수는 있지만 하늘을 굽어볼 수 없으므로 잘못된 문장이다. '농부가 하늘을 우러러보고, 땅을 굽어본다'로 고쳐야 한다.

③ 사자의 상위 개념이 야생 동물이므로 잘못된 문장이다. '사자를 비롯한 야생 동물은 힘이 세다'로 고쳐야 한다.

9강 좋은 문장 만드는 방법

틀린 글자가 없고, 호응 관계가 완벽하다고 해서 좋은 문장이 성립되는 것은 아니다. 문법상으로 오류가 없지만 왠지 읽을 엄두가 나지 않고 읽어도 맛과 멋이 없는 문장은 좋은 문장이라고 할 수 없다. 좋은 문장은 어떤 것일까? 글쓴이가 말하고자 하는 바를 정확하게 쓴 문장일 것이다. 아무리 열심히 썼다 하더라도 읽는 사람이 제대로 이해하지 못했다면 도로아미타불이 된다.

좋은 문장이란 분명히 많이 읽도록, 또 제대로 이해하도록 쓴 것이다. 또한 어떤 글인가를 막론하고 재미가 없으면 곤란하다. 아무리 뼈가 되고 살이 되는 내용을 담은 글이라 하더라도 어렵고 딱딱하고 재미가 없다면 네티즌들로부터 외면당하게 될 것임이 틀림없다.

이런 의미에서 좋은 문장을 쓰려면 앞서 설명한 것처럼 많은 방법이 동원된다. '2부 인터넷에서 글 잘 쓰는 비법'대로 쓰되 앞에서 배운 '인터넷에서 발견되는 잘못된 문장 쓰기'도 간과해서는 안 된다. 또 다음의 좋은 문장 만드는 방법도 반드시 익혀 두어야 할 것이다.

1. 속격 조사 '의' 중복 사용 절제

표현하고자 하는 내용을 압축적으로 나타내 주는 장점이 있다고 생각하기 쉬운데, 속격 조사 '의'가 두 번 이상 쓰이면 대개 모호한 문장이 되고 만다. 또 '의'가 중복 사용되면 번역투의 문장이 되고 만다는 사실도 명심해야 할 것이다.

① 유럽인의 다국어 구사 능력의 일반화는 거론할 필요가 없다.
② 나의 공부의 핵심은 집중력을 올리는 것이다.

① '유럽인 대부분이 다국어 구사 능력을 가지고 있다는 사실은 거론할 필요가 없다'나 '대부분의 유럽인들이 다국어를 구사한다는 사실은 거론할 필요가 없다'로 고치면 '의'가 중복 사용되지 않을 뿐더러 전체적으로 쉽게 서술된다.

② '내 공부의 핵심은 집중력을 올리는 것이다'로 고치든지 '나는 집중력 상승을 공부의 핵심으로 삼는다'로 고치면 이해하기 쉬운 문장이 된다.

2. 한자어·외국어의 사용 자제

'학교'나 '식사' 같이 상용화된 한자어나 '터미널', '버스' 등의 외래어를 사용하지 말라는 것은 아니다. 충분히 소통되는 우리말이 있음에도 불구하고 사용된 한자어를 가리키는 것이다. 한자어를 사용하면 아무래도 이해도가 떨어지고 문장이 매끄럽지 못하다. 우리말로도 충분히 표현되는 문장은 우리말로 하는 것이 좋다. 글의 이미지나 분위기에 따라 꼭 한자어로 표현해야 할 때는 예외이다.

외국어의 빈번한 사용도 문제다. 얼마나 많이 사용하는지 어떤 문장엔 오히려 우리말이 찾기 어려울 정도. 특히 청소년 대상의 생활 패션지나 문화 정보지 등에는 외국어 남발이 심하다.

물론 우리말 대체가 어려운 외국어는 사용해야 한다. 그렇다 하더라도 세 개 단어 이상의 연이은 사용은 삼가도록 한다. 세 개 단어 이상을 연이어 사용하면 독해력이 현저히 떨어지기 때문이다.

① 가급적 신속히 처리하도록
② 이상의 족적을 살펴보면
③ 펄 화이트 아이섀도를 발라

위의 표현들은 불필요한 한자어와 외국어가 사용된 예이다. 이를 고치면 다음과 같다.

① 될 수 있는 대로 빨리 처리하도록
② 지금까지의 발자취를 살펴보면
③ 펄이 든 흰 색 아이섀도를 발라

3. 과거 완료형 사용 금지

많은 사람들이 과거 완료형의 시제를 사용한다. 대개 영어에서
과거 완료형을 배우고 난 후 우리말에 과거 완료형을 붙이는 예가
많다. 그러나 우리말에는 과거 완료형이 없다.

드디어 나의 홈페이지가 완성됐다. html이라는 프로그램 언어를 배울 때
는 무슨 말이지 몰라서 고민을 많이 하고 다른 사람의 도움을 <u>받았었다</u>. 그
리고 홈페이지 제작에 들어갔을 때도 어떻게 해야 할 지 엄두가 나지 <u>않았
었다</u>.

밑줄 친 부분은 과거 완료형이다. '받았다', '않았다'로 고친다.

4. 논리적인 시제

문장의 내용과 시제는 일치해야 한다. 서술어끼리, 또 관형어와

서술어와의 상관 관계에서도 논리적으로 일치해야 한다.

우리들은 이데올로기의 대립이 해소되던 시대에 살고 있다.

'살고 있다'는 현재형이다. '해소되던'은 과거형이다. 문장이 논리적으로 올바르기 위해서는 '해소되던'을 '해소된'으로 고치는 것이 옳다.

5. 반복 표현 자제

우리는 필요 없는 반복 표현을 종종 사용한다. 그것은 한 단어에서 일어날 수 있고 한 문장에서 발생할 수도 있다. 반복 표현은 좋은 문장의 걸림돌이 된다.

① 역전앞에 가면 그 같은 사실을 알 수 있을 것이다.
② 나이가 많다고 무조건 수구 세력이라는 헛소리는 세대간의 대화를 단절하여 나라의 장래를 막는 망언이다.

① '역전' 자체가 '역 앞'이라는 의미이다. '전'과 '앞'을 함께 사용하는 것은 반복 표현이 된다.
② '헛소리'와 '망언'은 의미상 중복되는 말이다. 이때는 어느

한 쪽만 살리는 게 의미를 집중시킨다. 이 문장에서는 앞의 ‘헛소리’보다 뒤의 ‘망언’이 표현상 더 어울리므로 뒤의 말은 살리고 앞의 말은 다른 말로 바꾸는 게 좋다. 즉 ‘나이가 많다고 무조건 수구세력이라는 말은 세대간의 대화를 단절하여 나라의 장래를 막는 망언이다.’로 고치면 자연스러운 문장이 된다.

6. 접속사 남발 자제

문장 서술 능력이 떨어지는 사람일수록 접속사 남발은 심하다. ‘그러므로’, ‘그래서’, ‘그리고’ 등의 접속사가 없으면 문장이 연결되지 않는 것으로 생각하기 때문이다.

접속사를 없애고도 말이 이어진다고 생각되면 과감하게 없애는 것이 좋다. 앞 문장의 결과에 따른 ‘이에 따라’, 앞 문장 내용의 반전을 뜻하는 ‘그러나’, ‘한편’ 등은 문맥상 없으면 뜻이 통하지 않으므로 꼭 필요하다.

① 나는 밥을 먹는다. 그리고 반찬도 먹는다. 그런 후 숭늉도 마신다.
② 야채값과 과일값이 올랐다. 고기값과 생선값도 올랐다. 이에 따라 이번 명절 때 차례상 비용은 많이 오를 것으로 예상된다.

① 접속사 ‘그리고’와 ‘그런 후’는 없어도 된다.

② 야채값과 과일값, 고기값과 생선값이 오른 결과 명절 차례상 비용이 많이 오를 것을 예상하는 문장이다. 그러므로 '이에 따라'는 필요한 접속사이다.

4부 좋은 글을 쓰기 위한 부문별 전략

보기에는 간단해 보이지만
홈페이지나 웹진, 온라인 신문 등의 제작 과정은 복잡하고 험난하다.
눈에 보이는 글이나 이미지 외에도,
아이템 고르기·기획 등의 프리 프로덕션 과정이 필요하고,
취재와 인터뷰 등 글쓰기를 위한 제반 사항들도 필요하게 된다.
준비 작업이 필요한 점은 게시판 글쓰기·이메일 글쓰기도 마찬가지다.
좋은 글을 쓰기 위한 프리 프로덕션 과정과 취재, 인터뷰에 대해 알아봤다.

*10*강 홈페이지, 기획부터 실행까지

1. 아이템 구상

어떤 홈페이지를 만들 것인가를 구상하는 것이다. 사람들은 어느 날 갑자기 '뚝딱'하면서 홈페이지를 만들어 낸 것은 아니다. 무엇을 만들 것인가를 먼저 결정하고, 그것을 기획하여야 한다. '무엇을 만들 것인가'에서 '무엇'이 아이템이다.

1) 네티즌 확보가 가능한 아이템을 고르자

개인이 만드는 홈페이지라 하더라도 혼자 만들고 즐기는 것이 아니라 누군가가 봐주기를 원한다면 네티즌 확보를 간과할 수 없다. 아무리 잘 만들었다 하더라도 네티즌이 찾아 주지 않는다면 그것은 무용지물이 되고 만다. 많은 네티즌이 찾아오는 홈페이지를 만들기 위해서는 아이템을 잘 선정해야 한다.

아이템 선정시 고려해야 할 첫번째 사항은 우리 주변에 널려 있는 일상적인 것 중에서 평범하지 않는 것을 골라야 한다는 사실이다. 이런 분야야말로 가장 관심을 끄는 것으로 좋은 아이템에 속한다.

두번째는 다양하고 현실성 있는 콘텐츠 확보가 가능한 아이템을 골라야 한다는 점이다. 아무리 좋은 아이템이라고 해도 콘텐츠 확보가 이루어지지 않으면 사장되기 마련이다.

세번째는 지속적인 관심을 유발할 수 있는 것이어야 한다는 점이다. 1박 2일 코스거나 단시간 관심을 끌다가 관심에서 멀어지는 아이템은 곤란하다.

네번째는 쌍방간 커뮤니케이션이 활발히 이루어질 수 있어야 한다는 점이다. 인터넷의 장점이 바로 쌍방간 커뮤니케이션이 가능하다는 사실이다. 앞의 세 가지가 모두 이뤄졌다 하더라도 쌍방간 커뮤니케이션이 원활하지 못하면 홈페이지의 완성도가 무너지는 것은 시간 문제다.

2) 운영자가 자신 있고 즐길 수 있는 아이템이 좋아

혼자 만드는 홈페이지라면 위의 네 가지 외에도 자신 있는 아이템을 택하라고 말하고 싶다. 아무리 네 가지 조건에 부합된다 하더라도 제대로 알지 못하는 아이템이라든지, 그 아이템을 즐길 수 없거나 싫어하고, 관심조차 가질 수 없다면 시간이 갈수록 흥미를 잃어 홈페이지를 돌보는 횟수가 점점 줄어들 것이다.

그렇게 된다면 아무리 초창기에 많은 방문 횟수를 기록했더라도 금방 수그러들고 만다. 지속적으로 오랫동안 홈페이지를 운영하려면 네 가지 조건보다 자신이 얼마나 즐기고 좋아하며 자신 있는가가 더 중요하다.

또 네티즌의 사랑을 받으려면 전문적이며 협의적인 것을 고르라고 권하고 싶다. 자신의 홈페이지가 동종의 다른 홈페이지에 비해 다양하고, 볼 게 많으며, 특별해야 인기를 끌 수 있다. 대중적이며 광역적인 것을 고른다면 다른 큰 사이트에게 소스 제공에서 지고 만다. 허울만 좋고 내용이 없는 것을 지양하라는 뜻이다.

예를 들어 만화 사이트를 만든다고 치자. 만화 전반을 총괄하는 사이트를 만든다면 대단위 만화 포털 홈페이지에 밀릴 것은 뻔하다. 혼자서 하는데, 어떻게 큰 덩치의 회사와 대결할 수 있겠는가.

이럴 땐, 만화 중에서도 자신이 가장 많이 알고 있고 좋아하는 작가의 작품 세계나 한 만화의 홈페이지를 만든다면 승산이 있다. 그것이 너무 협의적이라면 한 장르, 그것도 덜 대중적인 것을 골라 집중 해부하는 것도 효과적이다.

대중을 상대로 한다고 많이 들어오는 것은 아니다. 확실치 않은 대중보다는 확실한 일부를 상대하는 것이 성공에 가깝다. 많지 않은 일부가 들어왔다 하더라도 홈페이지의 우수성을 인정하고 회원이 된다면 더 좋은 일이다.

　'인터넷에서 어떻게 글을 쓰면 옳은가'에 대한 책을 내면서 기획을 다룬 것은 필자의 경험 때문이다. 필자는 1998년 7월에 직장을 그만두고, 9월 3주 동안 모 교육 기관에 합숙하면서 인터넷 관련 공부를 한 적이 있다.

　마지막 한 주는 홈페이지 만들기를 배웠다. 강사는 html을 가르치는 홈페이지 전문 강사였다. 홈페이지 전문 강사가 통상 그렇듯 그 역시 기능적인 것을 주로 가르쳤다.

　어떻게 하면 표가 만들어지고, 글자가 커지고, 이미지가 뜨고, 글자가 반짝이고, 그림이 변하고……. 이런 것들을 중심으로 가르쳤고, 나를 비롯한 수강생들은 신기해서 홈페이지에 마구 그런 것들을 집어넣었다.

　이와 같은 강의는 대부분 기능적인 것에 주안점을 두기 때문에 기획을 비롯한 내용적인 면은 대수롭지 않게 생각하고 지나가기 일쑤다(아예 거론하지 않는 강사도 있다).

　필자도 이런 강사 덕분에 홈페이지를 제작할 때 기획이나 홈페이지 자체에 대해 진지한 생각을 할 겨를도 없이 그저 시키는 대로 만드는 데 급급했다.

　그 결과 수강생들의 홈페이지 콘텐츠는 모두 비슷했다. 나의 소개, 우리 가족, 나의 취미……. 그렇게 나의 첫번째 홈페이지는 완성되었다. 처음에는 우쭐했다. 주위에 자랑도 했다. 그러나 시간이 갈수록 조잡한 홈페이지라고 생각됐고, 잘못 배웠다는 결론을 내렸다.

　비단 이런 과정은 필자뿐만이 아니다. 많은 사람들이 그런 경험을 하였을 것이다. 이런 이유에서 기획에 관한 이야기를 빠뜨릴 수 없다. 자기 소개식의 홈페이지를 만들더라도 기획을 철저히 해서 제작하는 것이 좋은 홈페이지를 만드는 비결이다.

2. 편집 방향 설정

아이템이 정해졌으면 기본 편집 방향을 설정해야 한다. 편집 방향이 제대로 설정이 되어야만 콘텐츠가 정해지고 콘텐츠에 따라 정보가 기획된다. 홈페이지의 콘텐츠는 불쑥 생겨나는 것이 아니다. 좀더 현실적이고 다양하며 네티즌들이 좋아할 만한 콘텐츠를 구성하기 위해서는 편집 방향이 제대로 설정되어야 가능한 일이다. 웹진이나 온라인 신문의 경우도 마찬가지다.

1) 타깃 네티즌 선정

해당 홈페이지의 주 네티즌을 선정하는 일이다. 대상 네티즌의 연령, 성별, 교육 정도, 생활 정도, 문화적 배경, 거주 지역 등을 세밀하게 결정하는 것이다. 그런 후 철저하게 그 타깃에 대한 연구를 하는 것이 필요하다.

생각해보라. 아이템을 재테크로 정했다 하더라도 어촌에 사는 중졸의 50대 남자와 서울에 사는 유학을 다녀온 20대 여자가 원하는 정보는 다르다.

비교가 심했다면 대학생 벤처 사업가와 아르바이트로 용돈을 벌어 쓰는 대학생을 비교해보자. 그들이 원하는 정보가 분명 다르다. 이렇듯 제대로 된 정보를 확실히 제공하기 위해서는 타깃을 제대로 정하고, 분석하는 일이 우선되어야 한다.

2) 목적 설정

왜 이 홈페이지를 만드는가를 결정해야 한다. 필자는 잡지기자 관련 홈페이지(http://myhome.shinbiro.com/~krhilly)를 운영하고 있다. 지난 2000년 7월에 만들었는데, 만든 목적은 '잡지기자가 되고 싶은 많은 사람들에게 공부할 수 있는 공간을 제공하고 싶어서'였다. 여

> 사실 필자는 필자의 홈페이지를 공개하고 싶지 않았다. 이유는 '인터넷 글쓰기'를 연구하기 전에 만든 것이므로 홈페이지의 글들이 '인터넷 글쓰기'에 맞추어져 있지 않기 때문이다.
>
> 그저 html을 배우고, 나모웹에디터를 독학해서 (그것도 약간만) 만든 것이다. 다만 만들기 전에 보았던 홈페이지들이 치장(겉모습)에만 신경 쓴 나머지 본질(가시성, 식별성, 가독성)을 무시한 것 투성이어서 그렇게 만들지 않겠다고 다짐했다.
>
> 글을 제대로 이해시키는가(강의 내용을 옮긴거니까)에만 집중하여 만들었지만 (당시에는 가시성, 식별성만 생각하고 인터넷 특징을 고려한 가독성을 파악하지 못했다) 인터넷 글쓰기 부분이 미흡하다고 고백하지 않을 수 없다.
>
> 필자가 '인터넷 글쓰기' 필자라는 이유만으로 독자들이 "이 사람(필자)은 얼마나 가독성이 뛰어난 글을 썼나?"를 기대하면서 필자의 홈페이지에 들어올까봐 심히 염려되었기 때문에 공개를 망설였던 것이다.
>
> 부디 필자의 홈페이지를 인터넷 글쓰기 표본으로 보지 않기를 바란다. 가까운 시일 내에 새 단장하여 '인터넷 글쓰기'에 어울리는 홈페이지로 재탄생시킬 것을 약속한다.

기에서 잡지기자가 되고 싶은 많은 사람은 타깃 네티즌이며, 공부할 수 있는 공간을 제공하는 것은 목적이다. 이렇게 목적이 뚜렷해야 콘텐츠 선정이 쉬워진다.

이 설명이 어려우면 게임 관련 홈페이지를 예로 들겠다. 게임 관련 홈페이지를 만드는 사람의 목적도 여러 가지일 것이다. 단지 게임을 즐기려는 사람들을 위해 만드는 사람도 있을 것이며, 무분별한 게임 문화에 경종을 울리기 위해 홈페이지를 만들기도 할 것이다. 또한 새로운 게임 소개나 게임계 소식을 알려주기 위해 홈페이지를 만들기도 한다. 목적이 달라지면 당연히 콘텐츠가 달라지기 마련이다.

3) 성격 결정

타깃 네티즌 선정이 '누가 볼 것인가', 목적이 '왜 만드느냐'를 의미한다면 성격 결정은 '어떻게 만들 것인가'를 결정하는 문제이다. 즉 '글은 어떻게 쓸 것인가', '커뮤니케이션 전달 수단으로 여러 시스템 중에 무엇을 활용할 것인가'를 결정해야 한다.

'글을 어떻게 쓸 것인가'는 물론 타깃 선정이나 목적과 연관 관계가 있다. 타깃이 10대면 10대에 어울리는 용어가 사용될 수 있다. 또 목적이 오락이 아닌 교육이나 계도라면 그것에 알맞은 용어나 방법이 가미되어야 할 것이다.

커뮤니케이션 시스템의 선정 문제도 이와 연관된다. 때에 따라

서는 동영상이, 혹은 라이브 채팅이나 퀴즈 시스템이 활용될 수 있
는 것이다.

4) 콘텐츠 설정

타깃과 목적, 성격이 결정되었다면 그것에 맞춰 콘텐츠를 결정
해야 한다. 이런 절차를 거쳐 순차적으로 정해야만 현실적으로 적
합한 콘텐츠가 만들어진다.

필자가 만든 홈페이지는 잡지 기자 교육이 목적이었으므로 잡
지 기자가 알아야 할 모든 것('잡지 기자가 되려면' ― 잡지 기자 공부
& 잡지 제작 이해 과정)이 주 콘텐츠였고, 강의안에 관련된 질문하는
코너('질문해주세요')도 마련했다. 또 내용에 대한 신뢰를 위해 홈페
이지를 만든 사람에 대해 알려주었고('운영자 프로필'), 홈페이지를
만들게 된 배경('만들면서')도 넣었다. 뿐만 아니라 회원들끼리의 자
유로운 대화를 위한 자유 게시판, 강의 소식 등을 알려주는 '공지
사항' 코너도 마련했다. 운영자가 명색이 기자인지라 세상 돌아가
는 이야기를 비평한 칼럼코너('김성묘의 세상 보기')도 만들었지만,
바쁘다는 평계로 유야무야하고 있다.

5) 제호·도메인 결정

여기까지 마쳤으면 홈페이지의 이름(제호)과 도메인을 정할 순

서이다. 제호를 정하는 것은 신문이나 잡지의 이름을 정하는 것과 마찬가지로 중요하다. 이름을 잘 정해야 눈길을 끌기 쉽고, 이미지 제고에 유리하다. 또한 우연히 방문했다 해도 다시 찾아올 수 있다. 혹시 오프라인화 할 때를 대비해서도 제호는 아주 중요하다.

도메인도 제호 못지 않게 신경을 써야 하는 부분이다. 또 홈페이지 이름(제목)을 그대로 도메인으로 사용할 수 있는데, 이름이 좋고 간단명료한 경우에 해당될 것이다. 보편적으로 도메인은 제호, 회사명, 아이템 성격 등을 종합해 짓는다. 그러면서도 기억하기 쉽고, 발음하기가 용이하면 금상첨화이다.

편집 방향 설정의 예를 들어보자. J양은 직장을 다니다가 그만두고 웹 관련 학원에 다니면서 홈페이지를 만들고 있다. 그녀가 만든 홈페이지는 퀼트에 관한 것. 처음에는 자신이 퀼트에 관심이 많고 자신이 있어 시작했는데, 요즘은 사업까지 해볼 요량으로 확대 구상중이다.

그녀의 홈페이지 타깃은 퀼트에 관심이 많고 퀼트를 배우고자 하는 사람이다. 목적은 퀼트를 좋아하는 사람들이 오가는 마당 즉 '퀼트 동호회'같은 것을 만들겠다는 것이었는데, 요즘은 조금 수정해서 사업장 홍보까지 홈페이지를 통해 해볼 생각이다. 성격은 아주 쉽게, 또 여성이 대상이므로 조금은 감각적으로 꾸밀 계획이다.

따라서 콘텐츠는 다음과 같이 구상했다. 우선 크게 '배워 봅시다', '스터디 그룹', '퀼트 전문점', '내가 최고', '퀼트의 역사' 등 5파트로 나눈다. '배워 봅시다'는 말 그대로 퀼트하는 법을 서술해 놓은 것으로 퀼트 기초, 퀼트 중급, 퀼트 상급으로 나뉜다. '스터디 그룹'은 동호회 속 동호회. 몇몇

10강 홈페이지, 기획부터 실행까지

사람들끼리 모여 퀼트를 공부하는 코너다. 나이별 모임도 있고, 실력을 가늠해 만든 모임도 있으며, 사는 곳을 중심으로 만든 모임도 있다.

'퀼트 전문점'은 알뜰한 퀼트 전문점을 소개한 코너다. 앞으로 여기에 전자 상거래 코너도 마련할 계획. '내가 최고'에는 최고 수준의 퀼트를 보여주는 '이것이 최고 퀼트'와 퀼트 명인들을 소개한 '퀼트 달인들', 자신의 퀼트를 소개하는 '내가 만든 퀼트'가 있다. '퀼트의 역사'에는 '퀼트의 탄생과 역사', '각 나라의 퀼트', '재미있는 퀼트 야사'로 나눠진다.

이 홈페이지의 특색은 대부분 코너가 쌍방간 커뮤니케이션이 가능한 공간이라는 점이다. 운영자뿐 아니라 회원들도 정보를 손쉽게 올릴 수 있게 하였다.

3. 취재하기

정해진 콘텐츠 아래 글을 쓰기 위해 쓸 거리와 주제를 정하고 이에 따라 자료를 모으는 것이 취재(取材)다. 많은 사람들은 취재라고 하면 마치 기자들의 전유물로 생각하고 어려워하는데 취재는 말 그대로 자료 모으기다. 누구든지 글을 쓰기 위해 해야 할 일이다.

취재가 제대로 된 글은 생생하고 탄탄하고, 살아 있다. 글 속에 알맹이가 많다는 이야기다. 좋은 글이란 문장력이 좋은 글이 아니라 글 속에 읽을 거리가 많은 글이다. 글 속에 읽을거리가 많으려면 탄탄한 취재가 이뤄져야 한다.

취재의 키포인트는 네티즌이 궁금해하는 것을 알아내는 것이다. 궁금해하는 것을 많이 알아낼수록 취재가 빛이 난다. 즉 취재에 앞서 '네티즌이 무엇을 궁금해할까'를 파악해야 한다. 그러기 위해서는 네티즌을 상대로 의견을 물어 봐야 할 것이며, 스스로도 다양한 생각을 해야 할 것이다. 네티즌에 대해 의견을 타진하고 다양한 생각 끝에 취재할 내용을 간추린 뒤, 취재를 시작하는 것이 좋다.

취재는 크게 세 가지로 나뉜다.

① 기존의 문헌이나 자료 등에서의 취재

② 직접 눈과 귀로 확인하는 현장 취재(사건, 사물, 현상, 정보 등 ①과 ③이 아닌 모든 취재)

③ 인터뷰(사람 자체에 대한 인터뷰가 있고, ①과 ②의 보충 취재를 위해 인터뷰할 경우가 있다.)

대부분의 취재는 ①, ②, ③ 중 한 가지만으로 이루어질 때 보다 세 가지 모두가 복합적으로 일어나는 경우가 많다.

1) 문헌·자료에서의 취재

이미 자료화되어 있는 것에서 필요한 정보를 찾아내는 일이다. 책이나 신문, 잡지 등에서 얻어낼 수 있고, 인터넷을 이용할 수도 있다. 신문은 언론 재단이 구축한 데이터베이스(http://www.kinds.or.kr)의 도움을 받으면 쉽게 자료에 접근할 수 있다. 특정신문에 난 기사를 찾을 때는 (어느 신문에 보도된 것인지 기억하고 있다면) 그 신문의 홈페이지에 들어가 검색하는 편이 빠르고 편하다.

잡지를 검색할 때는 그 잡지사의 조사부를 찾는 편이 빠르고 정확하다. 잡지의 홈페이지는 일부 기사만 넣거나 시한부로 정리해둔 경우가 많아 활용도가 낮다. 기타 문헌은 국립 도서관, 국회 도서관 등에서 활용할 수 있다. 인터넷 검색은 검색 공부를 하면 좀 더 쉽게 찾을 수 있다.

칵테일 매니아 K양의 칵테일 관련 홈페이지를 예로 들어 취재 방법을 알아보자. K양은 '칵테일 이야기', '칵테일 만들기', '추천 칵테일 바', '테마별 칵테일', '칵테일 킹 & 퀸', '게시판'으로 섹션을 나눴다. '칵테일 이야기'는 칵테일의 어원과 유래에 대한 내용인데, 주로 자료에 의존하고 있다. 관련문헌을 찾고, 그 속에서 필요한 내용을 뽑는다. 자료 수집 도중 의문점을 발견하게 되면 관계자에게 따로 질문하여 보완할 예정이다(문헌·자료 수집+인터뷰).

'칵테일 만들기'에는 집에서 손쉽게 만들 수 있는 칵테일을 소개할 예정이다. 칵테일마다의 특징이나 얽힌 이야기를 곁들이면서 만드는 법을 중점적으로 쓸 것이다. 역시 관련 책을 참조하는 예가 많다. 문헌에서 찾을 수 없는 '새롭게 인기를 끄는 칵테일'은 바텐더와의 인터뷰가 필요하다.

더 다양하게 꾸미려면 단순하게 문헌에서 알아낸 것, 바텐더가 추천한 내용만 올릴 게 아니라, '칵테일 만들 때 주의해야 할 일'이나 '키포인트! 이것은 꼭 알아두자' 등을 보탤 수도 있다. 이것역시 전문 바텐더의 도움이 필요하다.

또 자신이 갖고 있는 자료에만 의존할 게 아니라 네티즌에게도 비장의 칵테일을 공개할 자리도 마련할 예정이다. 이를테면 '비장의 칵테일'이라는 게시판을 만들어 네티즌 스스로 글을 올리도록 하는 것이다. 물론 상세한 설명과 사진이 곁들여야 할 것이다.

'칵테일 만들기'에서 주의해야 할 일은 만드는 법을 쓸 때 순서를 비약하지 말고 꼼꼼하게 써야 한다는 점이다. 네티즌들은 글만 보고 따라 만드는 것이므로 현실적인 설명이 필요하다. 그런 이유에서 다 쓴 후에는 글대로 따라 만들면 완성품이 나오나 한번 만들어 보는 것이 좋다. 만약 쓴 대로 해서 완성품이 나오지 않으면 이를 보완해 다시 써야 한다.

2) 직접 눈과 귀로 확인하는 현장 취재

직접 보고, 혹은 귀로 듣고 확인하는 현장 취재는 취재에서 중요한 부분을 차지한다. 사실의 확인, 상황의 확인이 필요한 경우는 모두 그렇다. 위의 예에서 '추천 칵테일 바'를 제대로 제작하기 위해서는 현장 취재가 꼭 필요하다. '추천 칵테일 바'는 '비장의 칵테일'과 마찬가지로 제작 운영자 외에 네티즌이 추천할 수도 있는데, 누가 쓰던 간에 그것을 보고 그곳에 갈 수 있도록 하려면 일단 현장을 답사해야 할 것이다(칵테일 만드는 법을 쓰고 그대로 따라 해보는 것과 같다).

아무리 그곳이 여러 번 다녔던 단골집이었다 해도 글로 옮기려면 한 번 더 현장 답사가 필요한 것이다. 글로 써 다른 사람에게 알려준다는 것은 그만큼 정확성을 요구하기 때문이다. 메뉴와 가격, 가게 넓이와 좌석 수, 개장과 폐장 시간, 바텐더의 특징, 추천 메뉴, 가는 길 등을 다시금 살펴봐야 할 것이다.

필자는 최근 여행 안내 서적에 의존했다가 곤욕을 치른 적이 있다. 필자는 일본 오사카 여행에 앞서 여행 안내 서적을 구입했다. 그 책은 전반적으로 좋은 책이라고 할 수 없지만 목적지 소개가 게재되어 있어 사게 됐다. 그렇지만 결과적으로는 엉터리 소개 때문에 한 시간 이상을 헤매는 결과를 낳았다. 결국 파출소를 경유해 목적지를 찾을 수 있었고, 이미 그때는 폐장 후라 다음날을 기약해야만 했다. 사실 그 책을 산 것은 몇몇 곳의 약도와 가는 곳에 대한 설명 때문이었는데, 실제로 가는 길과 게재된 설명은 완전히 달랐다. 개장·폐장 시간도 게재되지 않았다.

예를 들어보자. 연예 관련 웹진 기자(혹은 개인 홈페이지나 팬 페이지 운영자)가 가수 ○○○의 생일 파티를 취재해야 한다고 가정하자. 가장 먼저 해야 할 일은 생일 파티가 열리는 장소와 파티 시간을 아는 일. 그래야 현장 취재가 가능하다. 또 장소로 찾아가기 전에 파티와 관련된 대략의 정보를 알면 취재가 쉬워진다. 대략의 스케줄과 참가 인원, 참가인의 대략적인 신상, 최연소 참가인과 최연장자 참가인, 특이한 참가인 등을 알아둔다. 생일 파티가 이번으로 몇 회인지, 어떻게 규모가 변해왔는지, 어떤 취지인지 등을 물어본다. 이 모든 것은 매니지먼트 회사에 연락을 하면 알 수 있다.

이 정도만으로도 글을 쓸 수 있지만 부족하다. 현장 취재를 거쳐야만 확실한 생일 파티 기사가 완성된다. 남들보다 현장에 미리 와서는 현장 스케치 위주로 취재한다. 분위기를 파악하고, 여러 가지 여흥 스케줄을 메모해둔다. 해프닝을 꼼꼼하게 메모해두는 것을 잊지 말아야 한다. 눈에 띄는 여러 사람과 인터뷰를 실시한다(원고를 쓸 때는 네티즌들이 현장 분위기를 느낄 수 있도록 스케치 분위기로 쓰는 것이 좋다).

4. 인터뷰하기

인터뷰는 취재에서 따로 분리해 설명할 정도로 취재에서 중요한 부분이다. 인터뷰는 사람을 만나 무엇을 알아내기 위해 말을 주고받는 것을 말한다. 그 사람에 대한 글을 쓰기 위해 이런저런 질문을 하는 것도 인터뷰이며, 사건이나 사물 등에 대한 궁금한 것을 알아내기 위해 질문하고 대답을 듣는 일도 인터뷰이다. 인터뷰는 취재의 필수 조건이라고 할 수 있다.

1) 인터뷰의 종류(형식에 따른 방법)

직접 인터뷰
취재원과 직접 만나서 질문과 대답을 나누는 인터뷰로 단독 인

터뷰와 공동 인터뷰로 나눌 수 있다. 단독 인터뷰는 취재원과 직접
만나서 1:1로 대화를 나누는 것을 말한다. 공동 인터뷰는 취재원과
1:1이 아닌 1:2 이상 만날 때를 가리킨다. 기자 회견을 연상하면 된
다.

단독 인터뷰와 공동 인터뷰는 각각 장·단점이 있다. 단독인터뷰
의 장점은 깊이 있는 대화를 나눌 수 있고, 다른 홈페이지와 차별
되는 독특한 내용을 실을 수 있다는 점 등이다. 단점은 취재원과
만나기 위해서는 스스로 노력해야 한다는 점이다.

공동 인터뷰의 장점은 개인의 노력으로 접근할 수 없는 취재원
을 쉽게 만날 수 있고, 내가 미처 생각하지 못한 부분을 다른 사람
의 질문을 통해 정보를 얻을 수 있다는 점이다. 단점으로는 모두
글을 올릴 수 있으므로 관심을 집중시킬 수 있는 글을 쓰기 어렵
고, 심층 취재가 어렵다는 점 등을 들 수 있다.

간접 인터뷰

직접 만나 하는 인터뷰가 아닌 경우를 말한다. 전화 인터뷰, 서
면 인터뷰 등이 있다. 전화 인터뷰는 말 그대로 전화를 걸어 인터
뷰하는 것이다. 인물 인터뷰가 아닌 간단한 사항의 확인, 이미 취
재한 사항의 보충, 비중이 크지 않은 글의 취재, 먼 곳에 떨어져
있는 취재원과의 인터뷰 등에 자주 활용된다.

장점으로는 시간이 절약되고, 신속 취재가 가능하며, 얼굴을 마
주 하지 않고 취재를 하기 때문에 껄끄러운 질문도 부담 없이 할

수 있다는 점 등이 있다. 단점으로는 장시간에 걸쳐 자세하게 이야기를 나누기 어렵고, 곤란한 질문을 했을 경우 상대방이 일방적으로 전화를 끊을 수 있다는 점을 들 수 있다.

서면 인터뷰는 인터뷰 대상자와 직접 만나기 어려울 경우 질문서를 우편이나 팩스, 이메일로 보내 대답을 얻어내는 인터뷰 형식을 말한다. 장점으로는 취재원이 누구이든 일단 시도는 할 수 있고, 적은 노력으로 가끔 기대 이상의 성과를 얻을 수 있다는 점 등을 꼽을 수 있다. 단점으로는 질문을 했으나 대답을 받지 못할 수가 있고, 인터뷰 대상자에게 유리한 답변서를 받을 가능성이 많으며, 공식적인 입장 정도의 내용 이상의 것은 기대하기 어렵다는 점 등을 들 수 있다.

2) 인터뷰의 5단계

요청 과정

인터뷰 요청은 대개 전화로 이뤄진다. 인터뷰 요청을 할 때는 '자신이 누구인지', '왜 인터뷰를 하려고 하는지', '어떤 내용을 알고 싶어하는지' 등의 의사를 확실히 전달해야 한다. 취재원의 사정에 맞춰 만날 시간과 장소도 정해두어야 한다.

준비 과정

취재원과 만날 약속이 이뤄지면 취재원의 경력, 가족 관계 등 기본적인 것은 말할 것도 없고 그가 쓴 글이나 저서, 과거 이력 등 취재원에 대한 모든 자료를 수집하여 숙지하는 것이 좋다. 그런 후 질문서를 꼼꼼히 작성한다. 취재 당일 입을 복장 등도 미리 생각해 둔다. 복장은 장소에 따라, 취재원에 따라 달라진다.

진행 과정

취재원과 만나면 처음 만나는 사람 사이에 느껴지는 서먹서먹한 분위기를 제거하고 우호적이고 정감 어린 분위기를 조성한다. 그래야 좋은 이야기가 나오고 마음 속 깊은 이야기까지 끄집어 낼 수 있다. 예의 바른 말씨와 행동은 취재원으로 하여금 신뢰를 심어줄 수 있으므로 필요한 자세이다. 얼굴 표정이나 손짓, 몸짓, 눈길, 말의 억양 등도 눈여겨봐야 한다. 그것도 그 사람이기 때문이다.

취재에 들어설 때 바로 취재 노트를 꺼내 쓴다든가, 녹음기를 들이대는 일은 좋지 않다. 상대방을 주눅들게 하여 좋은 이야기를 유도해낼 수 없기 때문이다.

질문 과정

본격적인 인터뷰를 말한다. 질문을 잘 해야 좋은 대답을 얻을 수 있다. 다음은 몇 가지 유의 사항이다.

① 처음에는 포괄적인 내용부터 질문하고 세부 사항으로 들어가도록 한다. 처음부터 본론으로 들어가거나 대답하기 곤란한 질문을 해서는 좋은 결과를 얻어낼 수 없다(그 사람이 매우 바빠 인터

뷰 시간이 아주 짧을 때는 중요 질문부터 한다).

② 준비해 간 질문서에 구애받지 말고 상황에 따라 적절하게 대처해야 한다. 그러나 질문이 너무 산발적이어서는 안 된다. 질문에 흐름이 있어야 한다.

③ 질문이 애매하면 안 된다. 질문 자체가 명확해야 한다. 한꺼번에 여러 가지를 묻지 말고 한 번에 한 가지씩 묻도록 한다.

④ 모르는 사안이 있을 때는 솔직하게 질문하라. 창피하다고 그냥 넘어갔다가 글을 잘못 쓰면 더 창피하다.

⑤ 질문하기 어려운 문제는 솔직하게 묻든지, 간접적으로 돌려서 묻는다. 선택은 그때의 분위기나 취재원의 성격에 따른다.

⑥ 질문은 짧게 하고 대답은 길게 하도록 유도한다.

마무리 과정

인터뷰가 끝났다고 재빨리 돌아 나와서는 안 된다. 취재 수첩을 덮고 나오려는 순간 중요한 이야기를 하는 사람이 있다. 취재원이 긴장이 풀려 마음을 놓기 때문이다. 공식적인 인터뷰를 끝내고 잡담에 들어가서 알맹이를 끌어내는 것도 요령이다. 뿐만 아니라 인터뷰 과정에서 말한 중요한 내용은 다시 한번 확인한다. 특히 고유명사, 이름, 숫자, 한자 등은 반드시 확인하도록 한다.

오소백씨가 저서 「기자가 되려면」에서 밝힌 인터뷰 수칙

30가지 중에서 주목할 만한 15가지를 옮긴다.

- 말하기 쉬운 분위기를 만든다.
- 느닷없이 저돌적으로 들어가지 않는다.
- 사전에 예비 지식을 충분히 갖춘다.
- 정확성을 기하기 위해 같은 것을 다른 각도로 질문해서 재확인한다.
- 준비해 온 예정 이외의 것도 발견되면 질문한다.
- 사건에 대한 것은 6하 원칙에 따라 묻는다.
- 무의식적으로라도 상대를 무시하지 말 것.
- 우격다짐식으로 하는 압박적인 질문을 삼간다.
- 산발적인 질문이 아닌 질서와 통일감 있는 질문을 한다.
- 상대방의 말 도중에 끊지 말 것. 또 요령 없이 끌려가지 않는다.
- 질문하기 어려운 것은 두 가지 방향으로 접근한다. 즉, 솔직담백하게 묻거나, 간접적으로 돌려 묻는다.
- 과장과 독단은 금물.
- 질문 자체가 모호하면 안 된다.

「킨제이 보고서」 작업 당시(1950년) 인터뷰 지침

당시 1,200명을 조사했고, 1:1 대면 조사로 이뤄졌다.

- 화답자에게 편안한 분위기를 제공한다.
- 비밀 엄수를 보장한다.
- 상대방의 정신 상태를 잘 알아야 한다.
- 예정 이외의 것도 질문한다.
- 화답자가 대답하기 쉬운 질문 방법을 쓴다.
- 두 가지 질문을 동시에 하지 않는다.

- 정확성을 기하기 위해 틀린 질문을 섞어가며 해본다.
- 계급·직업에 따라 그 사람들의 특수어를 쓰도록 한다.
- 답변을 재검토한다.
- 강제를 피한다.
- 화답자의 지식 배경을 알아둔다.

11강 인터넷에서 기사 쓰기

취재가 끝났다고 무작정 집필에 들어가서는 곤란하다. 아무런 계획 없이 기사를 썼다가는 메시지가 빠진 불필요한 기사가 만들어진다. 독자에게 알려줄 핵심 사항, 보충할 내용과 재미있는 세부 사항이 무엇인지를 점검하고, 이 글에 어울리는 구성 방식을 생각한 후 글을 쓰는 것이 좋다.

처음에는 무엇이 핵심 사항인지, 보충 사실과는 어떻게 잇는 것이 자연스러운지 어렵기만 하다. 처음에는 어렵고 힘들더라도 꾸준히 노력해보자.

요원할 것 같아도 훈련을 쌓으면 금방 익숙해진다. 기사 쓰기를 계속하면 금방 단련되어, 어느 새 취재 당시부터 그 기사에 알맞은 구성 방식에 따르게 된다. 인터뷰를 하게 되더라도 기사 쓰기 순서에 입각한 질문을 하게 된다는 뜻이다.

그전에는 귀찮더라도 다음 순서로 기사 쓰기를 시도해보자. 기사 쓰기도 편할 뿐더러 순도 높은 기사를 쓸 수 있다.

1. 기획

기사의 핵심이 무엇인지 먼저 생각한다. 기사의 핵심은 이 기사를 기획하게 된 동기나 이유, 네티즌들이 가장 궁금해하는 사항들이다. 핵심 사항이 정해지면, 이에 수반되는 중요한 보충 사실, 재미있는 세부 사실, 세부 사실이 무엇인지도 아울러 체크해둔다.

2. 구성

핵심 사항과 세부 사항들을 정했으면 정확성과 구체성에 입각해서 기사 전체를 구성해본다. 구성 방법에는 역피라미드형, 피라미드형, 혼합형, 월스트리트 저널형, 단락 독립형 등 여러 가지가 있다. 대부분의 기사는 역피라미드형에 따라 구성하는 것이 가장 적합하다.

과거부터 현재까지의 순차적인 진행이 네티즌에게 이해가 빠르다고 판단되면 피라미드형도 좋다. 중요도가 똑같은 내용이 여러 개 들어갈 때는 단락 독립형을 택한다. 재미있는 사례가 돋보일 때는 월스트리트 저널형도 좋다(5강 참조).

3. 전문 및 문장

전문에서 읽을 욕구를 잃게 되면 그 글은 사장되고 만다. 바꿔 말해 전문에서 네티즌의 읽을 욕구를 잡지 못하면 실패한 기사가 된다. '과연 네티즌의 마음을 잡을 수 있을까?'라는 절체절명의 마음으로 전문을 써보자(4강 참조).

문장은 간결체로 쓰되, 쉬운 단어를 사용하고, 논리에 맞도록 한다. 생동감 있게, 구체적으로 쓰는 것이 좋다.

4. 교정·교열 및 재검토

완성되었다고 원고를 덮지 말고 한 번 더 읽어보면서 잘못된 부분이 없나 점검한다. 이때는 글쓴이가 아닌 읽는 사람의 입장이 되어 객관적으로 판단하면서 읽는 마음 자세가 필요하다. 빠진 글자나 틀린 글자를 살펴보고, 말이 이상하게 꼬여 있는지, 글의 흐름을 위배하여 순서가 뒤바뀐 문장이 없는지(호응 관계가 맞는지), 또 표현이 허술한 부분과 어휘 선택이 잘못된 부분이 없는지도 살펴본다.

숫자나 역사적인 사실이 들어간다면 과연 맞는지도 다시 한번 확인해본다. 사람 이름 등의 고유 명사도 마찬가지다. 물 흐르듯 매끄러운 문장이 좋은 문장이다.

12강 성공하는 이메일 마케팅

요즘은 '이메일 마케팅 시대'라 할 만큼 이메일로 홍보하는 예가 많다. 말 맞추듯 오프라인 백화점이나 마켓보다 온라인 백화점과 마켓이 더 성황중이라는 기사가 터져 나온다. 홍보성 이메일은 안부나 소식을 묻는 일반적인 이메일과 달리 클릭을 유도하기가 여간 어려운 게 아니다. 꼭 받아야 되는 이메일은 열어 보지만, 스팸 메일에 질린 사람들은 열어 보지도 않고 삭제하기 일쑤다.

필자의 경우는 하루 5~6건 정도의 이메일을 받지만 그 중에 안부성 이메일은 0~1건에 불과하다. 나머지 중 1~2개는 포르노 사이트를 소개하는 스팸 메일이며, 1개 정도는 온라인 마켓 홍보 이메일이다. 나머지는 여행 사이트, 연극·뮤지컬 소개 등이다.

그렇다고 모든 홍보성 이메일을 열지 않고 그대로 지워버리는 것은 아니다. 필요한 정보여서, 제목이 멋져서, 제목에 속아 클릭하기도 한다. 스팸 메일이라도 제목이 수신자의 마음을 움직이면 클릭을 유도해낼 수 있는 것이다.

이메일 마케팅을 하는 사람이라면 가장 중요하게 여겨야 할 것이 바로 제목이다. 이메일 마케팅의 제목은 33쪽의 제목과 다를 수 있다. 지금까지의 제목도 물론 글 위의 제목뿐만 아니라 클릭을 유도해내는 제목이 될 수 있지만 이메일의 경우 100% 제목만으로 클릭을 유도하느냐 마느냐가 결정된다. 그만큼 이메일에서는 제목이 가장 중요하다.

1. 클릭율을 높이는 홍보성 이메일 제목

33쪽의 설명과 마찬가지로 핵심 정보가 들어 있으면서 호기심을 자극하는 제목이 좋은 제목이다. 두 가지가 모두 들어가면 좋겠지만 제한된 글자 수(이메일 제목은 글자 수가 제한된다)에 맞추려면 여간 어렵지 않다. 이럴 때는 내용에 따라 핵심 정보가 든 제목, 호기심을 자극하는 제목 중 하나를 택해야 한다. 또 최근에 와서는 친근감을 높이는 제목도 클릭 수를 높여 각광을 받는다. 필자의 경우도 친근감을 높이는 제목에 속아 종종 클릭을 하고 만다.

1) 핵심 정보를 내세운 제목

핵심 정보를 내세우는 것은 제목 달기의 기본이다. 특히 몇 단어로 승부를 내야 하는 이메일 마케팅에서 핵심 정보는 절대적이다. 핵심 정보도 사실적이고 구체적이면 더욱 좋다. '새로운'(New), '하는 법'(how to) 등의 단어는 핵심 정보를 더욱 더 구체적이며 궁금하게 만들어 클릭율을 높이는 단어로 꼽힌다.

E마트 대박 경품 잔치, 1등 최신형 자동차
최신형 자동차, 해외 여행권 E마트 대잔치

E마트에서 이용자를 대상으로 경품 잔치를 연다고 가정하여 만든 이메일 제목이다. 경품 내용이 호화롭다. 1등 당선자에게 최신형 자동차가 돌아가고, 2위에게는 3박 4일 해외 여행권 2매, 3위에게 드림식 세탁기가 돌아간다. 이 정도면 대단한 경품일 것이다. 그렇다면 호기심보다는 핵심 정보를 보여주는 제목이 클릭율을 높일 것이다.

2) 호기심을 자극하는 제목

핵심 정보로는 클릭을 자신할 수 없을 때, 차라리 호기심으로 승부해본다. 사람들이 궁금해하는 틈새를 노리는 방법이다.

E마트 사용자만 보세요!
E마트 경품 잔치, 안보면 후회!

E마트에서 이용자를 대상으로 경품 잔치를 여는데, 수혜자가 그리 많지 않고, 1등 당선자에게 김치 냉장고 정도가 돌아간다면 'E마트 경품 잔치, 1등 김치 냉장고'로 제목을 뽑지 못할 것이다. 기껏 1등에 당첨돼도 김치냉장고를 준다는데 클릭할 사람이 많을 리 없다. 이럴 때는 차라리 호기심을 자극하는 편이 낫다.

3) 친근감을 높이는 제목

최근 포르노 사이트를 광고하는 이메일에서 자주 볼 수 있는 제목이다. 이전에는 '장흥 러브 호텔 이상한 관계 생중계'식의 노골

□	구분	첨부	보낸 이	제목
□	✉	🔖	hothyul10689...	(광고) 다이어트 부위별로 빼 드립니다. krhck
□			김성희	진짜에 꽂아 줘요..
□	✉		신세계몰	[알뜰찬스] 공기청정기 최저가 선언, 10만원대 명품 ...
□			박은옥	(성인광고)오빠 오늘만 보여줄게... 270550
□	✉		이마트몰	무료쿠폰,보너스증정! 황사에 이마트몰에서 쇼핑하세...
□	✉		신세계몰	페레가모,베르사체 최고 65~45%, 29인치 TV 최저가 도...
□	✉		신세계	[광고] 상품권+주유권+5천점이 생기는 기회
□	✉		이마트몰	365일 최저가격 이마트 초특가 행사
□			안광운	[긴급Divx] - 연예인/근X상X/몰카$$ 최강 하드코어포르...
□			신세계몰	버버리/토마스 버버리 Final 가격OFF
□	👆		Daum광고관리...	車 가진 분은 좋겠습니다^^ 세계명차 6대를 경품으로~
□	✉		신세계몰	김성묘님~ 적립금을 차곡차곡~무료시식권/영화/연극까...
□			혜 선	성원에 감사드립니다
□	📧	🔖	황영아	너나들이 답변
□	📧		이윤정	메일이 늦었지요...^^

<그림 2> 이메일 제목의 예

적인 제목들이 기승을 부렸는데, 최근에는 친근한 제목으로 돌아섰다. 친근한 제목을 사용하는 이유는 노골적인 제목에 질린 네티즌들을 유도해내기 위해서이다. 부모로부터 노골적인 간섭을 받지 않게 하기 위한 것으로도 풀이된다. 이런 이메일의 제목은 친구가 보낸 것으로 착각할 만큼 인사말 정도의 문장이 대부분이다.

또 이름 석 자를 제목 속에 삽입시켜 친근감을 부추기기도 한다. 모 온라인 슈퍼마켓의 이메일에서 종종 볼 수 있다. 필자는 이러한 표현이 매우 좋다고 생각한다. 자신의 이름을 상대방이 알아준다는 으쓱함과 친근감이 클릭을 유도하는 것이다. 이름 대신 당신(You)라는 표현도 친근감을 준다. 다음 제목은 친근한 제목들의 예이다.

새해 복 많이 받으세요! / 오래간만이네요. / 성원에 감사 드립니다.
○○○님, 적립금을 차곡차곡~ / 열심히 일한 당신, 이제 떠나라

4) 제목 작성법과 주의할 점

● 읽는 제목이 아닌 보는 제목을 만들라.

생각하는 제목을 피하라는 이야기다. 주 네티즌이 누군가에 따라 달라지겠지만 보면 한눈에 알 수 있는 명쾌한 제목을 뽑으라는 뜻이다. 글자 수는 일반적으로 13자가 넘지 말 것을 권유한다. 13자가 넘으면 이해하는 한계가 넘어간다는 것이다. 글자 수가 적으

면 적을수록 효과는 커진다.

● 애매모호하고 추상적인 표현은 삼간다.

추상적인 표현은 비현실적으로 다가오기 쉽다. 명쾌한 제목과 반대되는 개념이다.

● 수동태는 피한다.

86쪽의 설명대로 수동태 문장은 능동태에 비해 이해도가 낮다.

일반 이메일 제목 달기

이메일은 크게 두 가지로 나뉜다. 하나는 반드시 클릭하게끔 되어 있는 친구 등 아는 사람의 이메일과 다른 하나는 모르는 사람의 이메일이다.

친구나 아는 사람의 이메일은 구태여 제목 달기에 신경을 쓸 필요까지는 없다. 제목보다는 보낸 사람이 누군가가 더 중요할 수 있다. 스팸 메일과 구별하는 측면도 있다. 많은 이메일을 취급하는 사람이라면 이름만으로도 부족할지 모른다. 이럴 때는 핵심 내용을 제목으로 써 주면 효과를 얻을 수 있다. "이번 주 원고입니다," "원고에 덧붙일 사진입니다,""급한 일이에요. 빨리 보세요." 등이 빠른 클릭을 유도한다.

그렇지만 불특정 다수나 이메일을 수시로 접수하는 곳에 보내는 이메일이라면 이 정도만으로는 곤란하다. 홍보성 이메일(189쪽 설명)이 아니더라도 불특정인에게 어떤 질문이나 요구 사항을 적은 이메일을 보내게 될 수도 있다. 이때 이메일을 보게 하려면, 나아가 다른 것들보다 빨리 보게 하고 피드백(feed back)을 받으려면, 즉각적인 반응을 유도하는 제목을 달아야 한다. 홍보성 이메일과 마찬가지로 정보가 요약되고, 궁금증을 자아내는 제목이 클릭을 유도해낸다고 할 수 있다.

'우송료 부담 덜게 하는 배달 서비스'보다 '우송료 부담 더는 배달 서비스'가 이해가 빠르다.

● 어순을 지켜라.

특별한 경우를 제외하고 어순을 지키는 편이 이해가 빠르다.

● 수식어는 가급적 줄여라.

'업계 우뚝 선 삼성생명' → '삼성생명 업계 우뚝'

● 부호 사용은 자제하자.

쉼표나 홑따옴표, 겹따옴표, 괄호 등의 부호는 생각하는 제목으로 만들고 모양새에서도 좋지 않다.

'현대생명 가입자(종신 보험 제외)들에게 알림' → '종신 보험 외 현대생명 가입자 보세요'

● 어려운 한자어는 삼간다.

어려운 한자어는 보는 제목에 위배된다. 우리 나라말로 고칠 수 있는 것은 고치는 것이 좋다.

2. 홍보용 이메일 본문 쓰기

홍보용 이메일은 일반적인 이메일과 달리 수신자가 언제든지 삭제할 수 있다. 자신의 관심거리가 아니거나 필요없는 것이라고 판단되면 삭제해버린다. 또 글이 읽기 어렵거나 재미없다고 느껴도 삭제하게 된다. 홍보성 이메일의 본문을 쓸 때는 광고 문안을

12강   성공하는 이메일 마케팅

쓴다는 느낌으로 써야 할 것이다.

● 수신자의 입장에서 글을 쓴다.

홍보용 이메일을 보내는 입장과 받는 입장은 확연히 다르다. 이메일을 보내는 당사자의 입장은 그들에겐 중요하지 않다. 수신자들은 알리고자 하는 내용이 자신들에게 얼마나 관심 있는 내용이며 어떤 혜택이 있느냐가 중요하다.

홍보용 이메일은 현재 초보 단계다. 제목 아래 들어가는 이메일의 본문 역시 다양하지 않고, 획일적이다.

주로 보이는 유형으로는,

1. 오프라인에서의 홍보 글을 그대로 이메일로 옮긴 형태
2. 틀이나 표식의 이메일. 이미지 포함. 쇼핑몰 등의 광고 메일이 대부분
3. 1+이미지를 합한 형태
4. 1+2

등이 있다.

오프라인의 글을 그대로 옮긴 글은 홍보 글로서 미흡한데다 가독성이 떨어진다. 표나 틀 식의 글은 일목요연하게 보이기는 하나 자칫 잘못하면 건조하게 느껴질 수 있다.

글과 이미지가 합해진 스타일은 1의 경우보다 가독성이 높다. 이미지가 글의 이해를 돕는데다가, 글만으로 이루어졌을 때 갖게 되는 딱딱함을 부드럽게 해준다. 글과 틀(표)를 합한 형은 일목요연하게 보여줄 뿐 아니라 건조한 면을 보완해줄 수 있어 좋은 스타일이라고 할 만하다. 현재까지는 위의 네 가지 스타일이 보여지고 있으나 앞으로 다양한 스타일이 시도되어야 할 것이다.

● 본문 첫 문장은 제목의 내용과 연관성이 있어야 한다.

제목을 읽고 필요성을 느껴 클릭해 들어왔다. 그런데 첫 문장에서부터 삼천포로 빠진다면 어렵게 끌어들인 수신자를 놓치는 결과를 초래하게 된다. 첫 문장은 제목과 연관된 이야기를 서술해야 관심을 지속시킬 수 있다.

● 본문 첫 문장에서 하고자 하는 핵심 내용을 밝혀라.

사람들은 짧은 순간에 결론이 나기를 원한다. 시시콜콜한 설명은 핵심 내용을 전달한 후 해도 늦지 않다. 핵심 내용은 최대한 짧고 쉽게 설명하면 좋다.

● 다른 사람의 강력하고 설득력 있는 추천, 또는 소감을 밝힌다.

다른 사람의 솔직한 사용 소감과 추천은 홍보 글의 신뢰를 높이고 구매력을 높인다.

● 다른 사람들의 경험담과 사례를 싣는다.

다른 사람의 경험담과 사례는 상품을 실제로 사용해본 것 같은 느낌을 갖게 한다. 현실성 높은 경험담은 구매력을 높인다.

● 간결하고 깔끔한 문장을 쓴다.

광고 문구처럼 홍보성 이메일 문구 역시 간결하고 깔끔해야 어필된다. 단어 하나하나를 신중하게 고르고, 불필요한 단어는 없애도록 한다.

● 수신자가 누군가를 생각하고 그에 맞는 단어와 표현법을 사용하자.

수신자에 따라 사용되는 단어가 다르고 표현법도 다르다. 수신

집단의 특성을 고려하면 구매력이 높아진다.

케이시 헤닝이 제시하는 이메일 응답률 세 배로 늘이는 방법

1. 수신자의 입장에서 헤드라인을 작성하라.

2. 헤드라인 작성 시 '당신', '새로운', '〜하는 법' 같은 단어를 사용하라.

3. 헤드라인의 내용과 본문 첫 문장의 연관성을 높여라.

4. 본문 첫 단락 안에 모든 메시지를 담아라.

5. 다른 사람들의 강력하고 설득력 있는 추천 또는 사용소감을 실어라.

6. 특정인의 경험담, 사례를 실어라.

7. 제품과 서비스에 대한 확실한 보증 서비스를 제공하고 이를 선전하라.

8. 글을 계속 수정하라.

9. 공짜금품이나 기타 다른 혜택을 제공하라.

10. 스팸성메일을 보내지 마라.

케이시 헤닝(Kathy Henning)은 사용자 중심의 디자인웹 개발 회사인 버터브레(Vertebrae)에서 시니어 카피라이터(Senior Copywriter)로서 많은 인터넷 사이트에 글과 카피를 제공하고 있다. 또 여러 대학에서 글쓰기와 디자인에 대해 강의하고 있다.

*13*강 인기 만점 게시판 글쓰기

네티즌이라면 누구나 한 번쯤은 게시판에 글을 써봤을 것이다. 그렇지만 네티즌들이 게시판에 쓰여진 모든 내용을 읽는 것은 아니다. 이메일과 마찬가지로 클릭을 유도하는 것은 게시판의 제목이다.

1. 클릭율을 높이는 게시판 제목

자신이 힘들여 쓴 게시판 글의 내용이 버려지지 않고 나아가 게시판 운영자에게 빠른 회답을 받기 위해서는, 또 게시판에 쓴 글이 네티즌에게 읽히기 위해서는 우선 게시판 제목부터 눈길을 끌어야 한다. 여러분도 경험이 있겠지만, 우리는 게시판에 올라와 있는 많은 글들을 모두 열어 보지는 않는다. 열어 보고 싶은 제목만 골라 열어 보게 된다.

빽빽하게 나열된 많은 제목 중에 어떤 제목이 클릭될 것인가? 당연히 읽어보고 싶게끔 쓰여진 제목일 것이다. 정보가 요약되어 있되, 자신에게 필요하며 궁금증을 자아내는 내용의 제목이 클릭을 유도한다고 할 수 있다.

많은 사람들은 게시판에 글을 쓸 때 제목에는 그다지 신경 쓰지 않는다. 별다른 생각 없이 제목을 다는 경우가 많다. 그렇게 해서는 수많은 게시물 중에 돋보일 수 없다. 게시판 글의 제목도 제대로 신경을 써서 달아보자.

필자의 경우, 바쁜 관계로 필자가 운영하는 홈페이지에 자주 들어가지 못한다. 다만 홈페이지의 게시판에 누군가 글을 올렸을 경우(이메일과 연결되어 홈페이지에 들어가지 않아도 이메일만 봐도 어떤 질문을 써 놓았는지를 안다), 대답할 만한 질문이 눈에 띄면 그때 들어가 적절한 대답을 해준다.

필자가 시간이 많고 질문이 그다지 많지 않을 때는 하나하나 열어 보면서 대답해주지만, 바쁠 때는 또 제목들이 읽어보고 싶게끔 쓰여 있지 않을 때는 지나가기 일쑤다. 그렇지만 열어 보게끔 제목을 붙였을 경우엔 바쁜 일을 제쳐놓고도 클릭한다. 이처럼 제목은 정말 중요하다.

더구나 학생들이라면 제목 쓰기에 정진하기 바란다. 국어 공부에 많은 도움이 될 것이다. 또 직장에서 보고서를 쓸 때도 보탬이 된다.

2. 핵심 사항이 든 명쾌한 제목이 좋다

게시판 글의 제목은 호기심을 자극하기보다 글의 핵심 사항을 명쾌하고 간단하게 서술하는 것이 좋다.

<그림 3>은 필자 홈페이지 게시판의 하나인 '질문해 보세요'에 올라온 제목의 일부이다. 앞서 설명한 대로 제목은 읽어보고 싶게끔 써야 한다. 필자의 경우는 지금껏 나오지 않았던 새롭고 중요한 질문의 경우에 높은 점수를 주고 클릭하곤 했다. 운영자에 대한 인사말이나 감사의 말은 필요하지 않다. 새롭고, 중요한 질문일 때는 바쁜 시간을 쪼개서라도 대답한다.

질문과 마찬가지로 대답 글도 제목을 달아야 한다. 대답의 핵심 사항을 쓰되 궁금증을 자아내게 쓰면 된다. 그런 의미를 생각하면서 게시판 제목을 보도록 하자.

105(잡지사 기자를 준비하며), 98(꼭 읽구 답변 좀 주세엽), 97(안녕하십니까), 95(몇 가지 질문 및 조언을 얻고 싶어서요) 등은 좋은 제목이

번호				제목	작성자	날짜		조회
105	□	▣	📁	잡지사 기자를 준비하며..	진이	2002/01/29	-	70
104	□	▣	📁	늦게 답해 미안! 직접 연락해 보세요!	운영자	2002/05/02	-	57
103	□	▣	📁	잡지사나 신문사 같은 곳에서 경험을 쌓고 싶은데요..꼭 좀..	김성희	2001/11/26	-	79
102	□	▣	📁	Re모든 것을 본인이 직접 해내시기 바랍니다. 바로 그것이 기자랍니다	운영자	2001/12/24	-	148
101	□	▣	📁	영화 잡지 기자에 대해 궁금합니다.	최은주	2001/10/31	1	48
100	□	▣	📁	Re: 대답해 드립니다.	운영자	2001/10/23	1	158
99	□	▣	📁	Re: 감사합니다!!*^^* (냉큐)	유민정	2001/10/24	-	19
98	□	▣	📁	꼭읽구 답변좀 주세엽..ㅜㅜ	고낙훈	2001/10/17	-	20
97	□	▣	📁	안녕하십니까	기자지망생	2001/09/24	-	31
96	□	▣	📁	Re: 기사 찾는 방법이라--	운영자	2001/09/24	-	78
95	□	▣	📁	몇가지 질문및 조언을 얻고 싶어서요.	amote	2001/09/15	1	52
94	□	▣	📁	Re: 토플이나 토익성적이 원회사에서 공시한 성적 이상이면 영어시험은 필요없습니다.	운영자	2001/09/20	-	100

<그림 3> 게시판 제목의 예

아니다. 핵심을 쓰지 않았기 때문이다. 이 게시판의 이름이 '질문해 보세요'이므로 질문의 핵심 내용을 제목으로 달아야 할 것이다.

그런 관점에서 볼 때 101(영화 잡지 기자에 대해 궁금합니다)은 100% 확실한 제목은 아니지만 그런 대로 명확한 제목을 달았다고 볼 수 있다. 영화 잡지 기자에 대해 궁금한 점을 구체적으로 꼭꼭 찔렀으면 더 좋은 질문이 되었을 것이다. 그 답(대답해드립니다)으로 쓴 것은 사실 잘 쓴 제목은 아니다. 대답의 핵심을 찔러 써야 하는 것인데, 질문의 내용이 너무 광범위하고 질문의 제목에 영화 잡지 기자를 물어본다는 것이 드러나 있으므로 '대답해 드립니다'라는 제목을 달아도 충분하다고 생각했다.

나머지의 대답들은 모두 핵심을 쓰기 위해 노력했다. 96(기사 찾는 방법이라)에서 다소 부실한 제목을 단 것은 그 질문이 기사 찾는 방법이지만 질문자가 그것을 쓰지 않았으므로 비록 대답 글이지만 질문의 핵심을 말해둘 필요가 있었기 때문이다.

95(몇 가지 질문 및 조언을 얻고 싶어서요)는 제목에 질문의 핵심이 드러나 있지 않지만 본문을 보면 잡지 기자 공채 시험에서 영어 시험 대신 토플이나 토익 시험으로 대체할 수 있는지를 묻는 것이다, 그래서 대답 글인 94는 핵심을 찔러 '토플이나 토익 성적이 회사에서 공시한 성적 이상이면 영어시험은 필요 없습니다'로 제목을 달았다.

이것만 봐도 여러분은 제목의 중요성을 알 수 있을 것이다. 질문이 '몇 가지 질문 및 조언을 얻고 싶어서요'인데 그대로 답(Re)을 달거나 '대답해 드립니다'로 올렸다면 내용을 모르기 때문에 질문 글을 열어보는 네티즌들은 별로 많지 않을 것이다. 반대로 질문의 제목이 핵심을 제대로 찔렀다면 훨씬 많은 네티즌들이 질문 글을 열어보았을 것이다.

참고문헌

1. 인터넷 사이트

http://www.ABCNEWS.com
http://www.jacobnielson.com
http://www.koreainternet.com
http://www.MSNBC.com
http://my.dreamwiz.com/dew2000/htm/info/write.htm

2. 문헌

고혜련. 2001, 『신문취재와 기사작성』, 중앙M&B.
김성묘 외. 2000, 『잡지제작과정』, 한국언론재단.
김창룡. 1994, 『인터뷰 그 기술과 즐거움』, 김영사.
박금자. 2001, 『인터넷 미디어 읽기』, 커뮤니케이션북스.
오소백. 1986, 『기자가 되려면』, 세문사.
우인혜. 1997, 『우리말 피동 연구』, 한국문화사.
윤재걸. 1983, 『윤재걸르포집』, 동녘.
이두석 외. 2000, 『신문문장편집실무』, 한국언론재단.
이재경. 1998, 『기사 작성의 기초』, 나무와 숲.
이해석. 2000, 『웹 사이트 기획을 하기 위한 15가지 이야기』, 비비컴.
이화여자대학교 교양국어편찬위원회. 1999, 『우리말 글 생각』, 이대출판부.
한국언론연구원. 1996, 『신문방송 기사문장』, 한국언론재단.
황용석 외. 2000, 『인터넷 뉴스사이트』, 한국언론재단.
Crawford Killian. 2000, *Writing for the Web*, Self Counsel Press.

■ 지은이

김성묘

한양대학교를 졸업하고, 경향신문사에 입사했다. 입사 후 주로 잡지기자로 근무했고, ≪소년경향≫, ≪주간경향≫, ≪레이디경향≫을 거쳤다. 한때 경향신문사내 조사자료부에 근무하면서 인터넷사이트 '연예월드'를 기획·구축하면서 인터넷에 관심을 갖게 됐다. 1998년 7월, 17년간의 기자 생활을 접고, 집필 활동과 미디어 강의에 나섰다. 한국언론재단을 비롯하여 대진대학교, 평화아카데미, 중앙아카데미 등에서 '잡지제작과정', '인터넷 글쓰기', '전자출판', '르포문학론' 등을 강의해왔다. 2000년 7월부터 잡지제작과정을 알고 싶어하는 네티즌을 위해 '잡지제작과정' 관련 홈페이지(http://myhome.shinbiro.com/~krhilly)를 만들어 운영한다. 저서로는 『잡지제작과정』(공저), 『백악관 맨 앞줄에서』(감수)가 있다. 현재 경향신문 잡지제작전문 자회사 '(주)경향미디어'에서 편집국장으로 재직하고 있다.

인터넷 글쓰기

ⓒ 김성묘, 2003

지은이 ｜ 김성묘
펴낸이 ｜ 김종수
펴낸곳 ｜ 서울출판미디어

편집책임 ｜ 백은정
편집 ｜ 이승필

초판 1쇄 발행 ｜ 2003년 5월 10일
초판 2쇄 발행 ｜ 2004년 11월 10일

주소 ｜ 413-832 파주시 교하읍 문발리 507-2(본사)
　　　 121-801 서울시 마포구 공덕동 105-90 서울빌딩
　　　 3층(서울 사무소)
전화 ｜ 영업 02-326-0095, 편집 02-336-6183
팩스 ｜ 02-333-7543
홈페이지 ｜ www.hanulbooks.co.kr
등록 ｜ 1980년 3월 13일, 제406-2003-051호

Printed in Korea.
ISBN 89-7308-124-1 93800

* 가격은 겉표지에 표시되어 있습니다.
* 이 책은 한국언론재단 연구·저술 활동 지원으로 출판되었습니다.
* 서울출판미디어는 도서출판 한울의 자회사입니다.